新 潮 文 庫

田辺聖子の古典まんだら

上　巻

田 辺 聖 子 著

新 潮 社 版

9774

田辺聖子の古典まんだら　上　目次

田辺聖子の古典まんだら　上

はじめに

古典文学というと、なんだか堅苦しいもの、難しいもの、と感じている方が多いのではないでしょうか。ずいぶん昔に書かれたものを、いま読んでも仕方ないというふうに考えている人もいるかもしれません。

でもそんな人たちに対して私は言いたいのです。

「古典ほど面白いものはない！」

だまされたと思って、古典作品をどれかひとつ手にとってみてください。そこには、現代の私たちと同じように、喜んだり、悲しんだりする人間たちが生きています。いつの時代でもハラハラドキドキするような恋もあったのです。

古典を読んでみれば、そのなかに好きになる登場人物がきっと見つかるはずです。

落窪姫《おちくぼひめ》の健気《けなげ》でいじらしいところが好きな人もいるでしょう。『平家物語』に登場する平知盛《とももり》や今井四郎兼平《かねひら》の男らしい生きざまに魅《ひ》かれる人もいるでしょうし、いいかげんな弥次郎兵衛《やじろべえ》や喜多八が妙に気になる人もいるでしょう。それぞれの好みでかまいません。この人が大好き、というお気に入りができたら、しめたものです。それはもう古典の魅力に気づいたということです。

また古典を読んでいると、ときには、はっとするような表現や言葉に出会うこともあります。そういう一節を暗唱してみてください。そして、何かの折にでも使ってみてはいかがでしょうか。

古典というのは、決して古くさいものではなく、いまでも生き生きしたものです。古典は、実はいつの世でも一番新しいのです。こんなに素晴らしいものを何百年も前に生み出した日本という国は、とても素敵な国だと思います。

この本がきっかけになって、実際の古典作品を手にとってくださる方がいれば、それにまさる喜びはありません。その方からまたお友達へと、人から人に古典の楽しさがじわじわと伝われればいいなと願っています。

この作品は、二〇〇〇年四月から二〇〇二年三月にかけて、大阪・リーガロイヤルホテルで行なった「古典まんだら」、「古典の楽しみ」という連続講演をもとにしています。

あらためて関係者の方々に御礼を申しあげます。

ヤマトタケルのラブメッセージ

古事記

『古事記《こじき》』は現存するものでは、日本最古の文献です。天武天皇がわが国の歴史を後世に伝えようとして、稗田阿礼《ひえだのあれ》に「帝紀」と「旧辞」を誦《よ》み習わせます。それをもとに誤りを削り、正しい歴史を定めようとしたのですが、天皇の崩御により作業は中断します。そののち、持統《じとう》・文武《もんむ》を経て、女帝である元明《げんめい》天皇が天武の遺志を継ぎ、太安万侶《おおのやすまろ》に命じて、撰録《せんろく》させました。成立したのは和銅五（七一二）年です。

『日本書紀』や『続日本紀《しょくにほんぎ》』に、『古事記』が編纂《へんさん》された記載がないことから、『古事記』は偽書だという説が、江戸時代以降提唱されてきました。けれども、昭和五十四（一九七九）年一月、奈良市此瀬《このせ》町の茶畑から人骨や真珠、墓誌の銅板が発掘されます。墓誌には「奈良の都の左京四条四坊に住んでいた、従四位下《じゅしいのげ》の太安万侶、養老七（七二三）年に死んだ」と記されていました。太安万侶の墓だったのです。これにより太安万侶が実在の人物であることは証明されたのですが、『古事記』に関する記述はありませんでした。

戦争中、『古事記』は軍国主義者によって皇国史観の強化に利用されました。しかし、虚心になって『古事記』を読むと、現在でも大変面白い文学作品です。千三百年も昔に、こんなにも人間らしい生きざまの記録が描かれているというのは大変なことです。

『古事記』というと、私はすぐに橘曙覧《たちばなのあけみ》の歌を連想します。橘曙覧は幕末の国学者で、万葉ぶりの歌を詠《よ》んだ歌人です。正岡子規は橘曙覧の歌がとても好きで、「趣味を自然に求め、手段を写実に取りし歌、前に万葉あり、後に曙覧あるのみ」とか「歌人として実朝《さねとも》以後只《ただ》一人なり」と絶賛しています。

曙覧は清貧の生活でしたけれど、家族心を合わせて、温かく過ごしていました。彼は『万葉集』の言葉を操りながら江戸末期の庶民の暮らしを詠みます。「独楽吟《どくらくぎん》」という一連の歌が有名です。歌の冒頭がすべて「たのしみは」という言葉で始まります。

たのしみは妻子《めこ》むつまじくうちつどひ頭《かしら》ならべて物をくふ時

たのしみはまれに魚煮《うをに》て児等皆がうましうましといひて食ふ時

貧しい曙覧の家では、めったに魚を食べられません。内容が空疎《くうそ》なのに、表現だけ飾り立てた歌と違って、なんでもないようなことですが、曙覧の歌はとても楽しいのです。

たのしみは空暖かにうち晴し春秋の日に出《い》でありく時

たのしみは心にうかぶはかなごと思ひつづけて煙草《たばこ》すふとき

たのしみは銭《ぜに》なくなりてわびをるに人の来《きた》りて銭くれし時

なんだか、財布を握って、走っていってあげたくなりますね。

橘曙覧は国学者だけあって、『古事記』をとても大事にしていました。正月の一日、衣服を改め、気分を一新し、『古事記』を開きます。「春にあけて先《ま》ず看《み》る書《ふみ》も天地《あめつち》の始めの時と読みいづるかな」と詠んだのは、『古事記』の冒頭に天地が開けた時のことが記されているからです。

その『古事記』の冒頭です。

〈天地《あめつち》初めて発《ひら》けし時、高天《たかま》の原に成れる神の名は、天之《あめの》御中主神《みなかぬしのかみ》。次に高御産巣日《たかみむすひの》神《かみ》。次に神産巣日神《かみむすひのかみ》。この三柱《みはしら》の神は、みな独神《ひとりがみ》と成りまして、身を隠したまひき。

次に国稚《わか》く浮きし脂《あぶら》の如《ごと》くして、海月《くらげ》なす漂へる時、葦牙《あしかび》の如く萌《も》え騰《あが》る物によりて成れる神の名は、宇摩志阿斯訶備比古遅神《うましあしかびひこぢのかみ》。次に天之常立神《あめのとこたちのかみ》。この二柱の神もまた、独神と成りまして、身を隠したまひき〉

天と地が分かれたとき、高天原に生まれたのは、アメノミナカヌシノカミ、タカミムスヒノカミ、カミムスヒノカミです。国はまだ若くて、水に浮いた油のようにふわふわとし、クラゲのように漂っていたのです。そのうちに、葦の芽が芽吹くように、つんつんと萌え出《い》ずるものによって生まれたのは、ウマシアシカビヒコヂノカミ、アメノトコタチノカミです。これらはみんな独り神で、男女ペアの神ではありません。

やがて宇宙の生々たるエネルギーが集まり、天の神、地の神、野の神、泥の神、砂の神などが次々に生まれます。ついにはイザナキノミコト（伊邪那岐命）・イザナミノミコト（伊邪那美命）の男神、女神が生まれました。ここまでを神世七代《かみよななよ》といいます。イザナキ・イザナミの両神が、天《あめ》の浮橋《うきはし》に立って、天界の神々から賜った天の沼矛《ぬぼこ》で、もうもうたるところをかき回すと、矛の先から潮がしたたって、オノゴロ（淤能碁呂）島ができます。、オノゴロ島に降りた二人の神が結婚して、生まれたのが淡路島、四国、隠岐《おき》、九州、壱岐《いき》、対馬《つしま》、佐渡、大倭豊秋津島《おおやまととよあきづしま》の八つの島、大八洲《おおやしま》です。日本の国はこのようにしてできたのです。イザナキ・イザナミは、岩の神、家の神、海の神、風の神、山の神、火の神、鉱山の神、灌漑《かんがい》の神、生産の神、食物の神、さまざまな神を生んで、この世をつくりだしました。

イザナミノミコトは、火の神を産んだのが原因となって、陰部が焼けただれて病となり、やがて死んでしまいます。イザナキノミコトはひどく悲しみ、イザナミの枕辺《まくらべ》や足元で泣き伏しました。イザナキはイザナミを出雲《いずも》と伯耆《ほうき》の国境の比婆山《ひばさん》に葬《ほうむ》り、十拳剣《とつかのつるぎ》で火の神の首を斬《き》ります。火の神の体や飛び散った血から、谷間の水神や八柱の山の神などが生まれました。

イザナキはイザナミに会うため黄泉《よみ》の国に向かいます。ここのところは、ギリシャ神話のオルフェウスに似ていますね。不思議なことに、世界じゅうに同じような話があるのです。人間の文化というのはどこからともなく伝わるのでしょうか。

イザナミに対面したイザナキは語りかけます。

「いとしい我が妻よ、おまえと二人でつくった国はまだでき上がっていないではないか。帰っておくれ」

「まあ。でも、もっと早く迎えに来てくだされればよかったのに。わたしは黄泉戸《よもつへ》喫《ぐい》をしてしまったのです」

黄泉戸喫というのは、黄泉の国の火で煮《に》炊《た》きした食べ物を食べることです。それをすると、もう現世には戻れないのです。

「せっかく来てくださったのだから、黄泉の神さまにお願いしてみます。ちょっと待っててね。でも、そのあいだにわたしの姿を見てはいけませんよ」

イザナミはそう言って、御殿の奥に入ります。女の「ちょっと待ってて」におとなしく待っている男はいません。イザナキもそうでした。あまりに長いのでたまりかねて、左の御角髪《みみずら》に挿していた櫛《くし》の歯を一本折りとって、それに火をともしたのです。奥に入っていったイザナキが眼にしたのは、〈うじたかれころろきて〉という見るも無《む》惨《ざん》なすごい姿でした。蛆《うじ》がたかってころころ音をたてているのです。体のいたるところに八柱の雷神が生まれています。さすがのイザナキも恐れ驚き、飛んで逃げます。

イザナミは、「わたしに恥をかかせたわね」と怒りおののき、黄泉醜女《よもつしこめ》たちにあとを追わせます。

黄泉醜女たちが追いつきそうになると、イザナキは自分の髪に巻いていた黒御縵《くろみかづら》――蔓草《つるくさ》などを輪にして頭の飾りにしたもの――をぱっと投げ捨てます。すると、たちまちヤマブドウの実が生《な》ります。黄泉醜女たちはヤマブドウをむしゃむしゃ食べ、その間にイザナキは逃げます。ふたたび追いつかれそうになると、こんどは髪にさしていた例の櫛の歯を折りとって放り投げます。すると、たちまちタケノコが生え、黄泉醜女たちはタケノコを抜いて食べます。そうしてイザナキはなんとか逃げ切りました。古代の日本人はヤマブドウやタケノコを食べていたのが、この記述からうかがえます。生活のさまざまなことがらが、神話に反映しているのです。

こんどは八柱の雷神が、千五百の軍勢を率いて追いかけてきます。十拳剣《とつかのつるぎ》を後ろ手に振りながら、なんとか現世と黄泉《よみ》の国を隔てる黄泉比良坂《よもつひらさか》のふもとまでたどりつきます。そこに生っていた桃の実三つをイザナキが投げつけると、軍勢はことごとく逃げ帰りました。その功を賞し、これからも地上の葦原中国《あしはらなかつくに》のすべての人々を助けるようにと、桃の実にオオカムヅミノミコトという名を授けました。

最後に、イザナミが自ら追いかけてきます。イザナキは、黄泉比良坂に千引《ちびき》の石《いわ》、千人でないと動かせないような巨大な岩を引き据えます。

　イザナミはたけり狂います。

「あなたがこんなことをするのなら、あなたの国の人間を一日に千人殺してやるわ」

「それなら、わたしは自分の国の人間を一日に千五百人生まれさせてみせる」

　このことにより、今にいたるまで、毎日千人が死ぬ一方で、毎日千五百人生まれることになったのだといいます。

　現世に戻ってきたイザナキは、筑紫の小門《おど》の阿波岐原《あわきはら》で身を清めます。禊《みそ》ぎ祓《はら》えをすることによって、さまざまな神が次々に生まれますが、最後に尊い神が三柱誕生します。左の目を洗ったときにアマテラスオオミカミ（天照大御神）、右の目を洗ったときにツクヨミノミコト（月読命）、鼻を洗ったときにタケハヤスサノヲノミコト（建速須佐之男命）が生まれました。鼻を洗ったとき生まれたというのは、スサノヲノミコトの性格を暗示するかのようです。スサノヲは、鼻息が荒くて、嵐《あらし》のような性格の持ち主ですから。少しユーモラスな感じもしますね。

　イザナキノミコトは、アマテラスには高天原を、ツクヨミには夜の世界を、スサノヲには海原を、それぞれ治めるように命じます。ところが、スサノヲは言うことを聞かずに、泣きわめくばかりです。はげしく泣く様子は、青山が枯れ山になるほど泣き枯らし、川や海はすべて泣き乾すほどでした。イザナキがスサノヲにどうしたのかと訊《たず》ねると、スサノヲはこう答えます。

「私は亡《な》くなった母のいる根《ね》の堅州国《かたすくに》へ行きたい。お母さんに会いたいのです」

「あんな汚れた国へ行きたいとはけしからん」

父・イザナキノミコトはスサノヲを追放してしまいます。

高天原にいるアマテラスに別れを告げるため、スサノヲが天に昇っていくと、山や川がことごとく鳴動し、国土も震動します。天照大御神は、「弟が昇ってくるのは、わたしの国を奪おうというのだろう」と、武装して立ちはだかります。

「何をしに来たの？」

「邪心は持っていません。母の国に行きたいと言ったら、この国にいてはいけないと言われたので、お暇乞《いとまご》いにきただけです」

「信用できないわ」

そこで、アマテラスとスサノヲは互いに誓約をすることになります。その誓約の方法というのが大変奇妙で、お互い持っているものを交換し、それでもって子どもを産むのです。アマテラスが、スサノヲが腰につけていた十拳剣を嚙《か》み砕きます。吐き出す息の霧から、女の神が三柱生まれました。スサノヲは、アマテラスが髪に巻いている勾玉《まがたま》をたくさん貫いた玉の緒を嚙み砕きます。スサノヲの吐く霧からは男の神が五柱生まれました。

アマテラスがスサノヲに言います。

「あとに生まれた男神は、私の物である玉から生まれたから、当然私の子です。先に生まれた女神は、あなたの物から生まれたからあなたの子です」

それに対するスサノヲの言葉が面白いのです。

「おれの心が清くて潔白だという証拠に、優しい女の子が生まれたのだから、おれの勝ちだ」

ところが、『日本書紀』では、誓約をする前にスサノヲが、女が生まれたら邪心があり、男が生まれたら清き心だということになっています。『古事記』とはまったく正反対なのです。中国文化の影響を受ける以前の、古くからの日本では、女のほうが心が清いとされていたのかもしれません。

勝ちに乗じたスサノヲは、高天原で暴れます。アマテラスの田の畦《あぜ》を壊し、神殿に屎《くそ》をまき散らします。アマテラスが清浄な機屋《はたや》で天の機織女《はたおりめ》に神の衣を織らせていたとき、機屋の棟に穴を開け、そこから逆剝《さかは》ぎに剝いだ天の斑駒《ふちこま》を落とし入れると、天の機織女は驚いて死んでしまいました。

それを恐れたアマテラスは天の石屋戸《いわやと》に籠《こ》もってしまいます。高天原も葦原中国もすっかり闇《やみ》に包まれてしまいました。そこで八百万《やおよろず》の神が天の安河の河原に集まり、対策を協議します。その結果、アメノコヤネノミコトが祝詞《のりと》をとなえ、アメノウズメノミコトが、石屋戸の前で、逆さまに伏せた桶《おけ》をとどろと踏みならしながら踊りまくります。そのさまは……。

〈胸乳《むなち》をかき出で、裳緒《もひも》を陰《ほと》に押し垂れき「乳を見せ、裳の紐を陰部までおし下げた」〉

これは日本最初のストリップだといわれています。そういうところを見せるのは、邪気を退散させるのだそうです。

それを見て八百万神がとどろくように笑うのを不思議に思ったアマテラスが石屋戸から外をのぞこうとするのを、力の強いアメノタヂカラヲノカミ（天手力男神）が外へ引き出しました。こうしてふたたび天に日が差し、世界は明るくなりました。八百万の神々は、スサノヲの髭《ひげ》を切り手足の爪《つめ》を抜いて、高天原から追放してしまいました。

スサノヲノミコトは出雲国の肥河《ひのかわ》の川上に降ります。その時、川に箸《はし》が流れてきたので、上流に上っていくと、年老いた夫婦が娘を囲んで泣いていました。老父はアシナヅチ（足名椎）、老婆はテナヅチ（手名椎）、娘はクシナダヒメ（櫛名田比売）です。事情を尋ねると、彼らにはもともと娘が八人いたのですが、八つの頭と八つの尾を持つ巨大なヤマタノオロチが毎年やって来て娘を一人ずつ食べてしまったというのです。今年もその時期となったので泣いていたのです。

スサノヲはアマテラスの弟であると明かし、娘を嫁に欲しいと言います。アシナヅチとテナヅチは喜んで承知します。スサノヲは夫婦に命じて、強い酒を用意させます。さらに八つの門と八つの桟敷《さじき》を造らせ、それぞれの桟敷に酒を満たした酒槽《さかふね》を置かせました。

そのように準備をして待っていると、ヤマタノオロチが現れます。ヤマタノオロチは酒槽ごとに頭を入れて、酒を飲み、酔い伏してしまいました。すかさずスサノヲは十拳剣でオロチをばらばらに切り裂きます。尾を斬ったときに刀の刃がこぼれたので、なかを割いてみると、立派な太刀が出てきました。アマテラスオホミカミに献上した、この刀が草薙剣《くさなぎのつるぎ》です。

スサノヲは出雲の須賀《すが》というところに宮殿を造ります。そのとき、その地から雲が立ち昇ったので、スサノヲは歌を詠《よ》みます。

八雲《やくも》立つ　出雲《いづも》八重垣《やへがき》　妻籠《つまご》みに　八重垣作る　その八重垣を

スサノヲノミコトの六世の孫がオホクニヌシノカミ（大国主神）です。オホクニヌシノカミには兄弟がたくさんいたのですが、みんなヤガミヒメ（八上比売）と結婚したいと考えていました。ところが、ヤガミヒメはオホクニヌシノカミと結婚したいというので、兄弟たちはオホクニヌシノカミを憎み、二度までも殺してしまいます。そのたびに母の尽力で蘇生《そせい》したオホクニヌシノカミは、母の勧めによりスサノヲノミコトのいる根《ね》の堅州国《かたすくに》に向かいます。オホクニヌシノカミはスサノヲの娘であるスセリビメ（須勢理毘売）と結婚し、蛇のいる部屋で寝させられたり、野原で周りから火を放たれたりといったスサノヲが与えた試練を乗り越えます。地上に戻ったオホクニヌシノカミはスセリビメを正妻とし、宇迦《うか》の山の麓《ふもと》に立派な宮殿を建て、兄弟たちを追い払い、国造りを始めたのです。

アマテラスオホミカミは息子のアメノオシホミミノミコト（天忍穂耳命）に葦原中

国の統治を任せることにしました。しかし、葦原中国には乱暴な神が大勢いるようなので、使いの神を派遣して平定させようとします。ところが、最初に遣わしたアメノホヒノカミ（天菩比神）、次のアメノワカヒコ（天若日子）は、いずれも失敗してしまいます。

最後に遣わされたのはタケミカヅチノカミ（建御雷神）です。タケミカヅチはオホクニヌシに問います。

「おまえの領有している葦原中国はアマテラスが御子に治めるよう任せた国である。おまえはどう思うのか」

「わたしは答えられません。息子たちが答えます」

オホクニヌシの息子のヤヘコトシロヌシノカミ（八重言代主神）は、この国を御子に奉《たてまつ》ることに同意します。もう一人の息子・タケミナカタノカミ（建御名方神）はタケミカヅチノカミと力比べをして敗れ、彼もアマテラスの御子に従います。オホクニヌシはふたりの子供の言葉通りに、国譲りを決意します。

葦原中国が平定されると、アマテラスオホミカミは御子であるアメノオシホミミノミコトに葦原中国を統治するよう命じます。ところが、アメノオシホミミノミコトがその準備をしているときに、ヒコホノニニギノミコト（日子番能邇邇芸命）が生まれたので、アマテラスの孫にあたるヒコホノニニギノミコトが地上界へ降りていくことになります。いわゆる天孫降臨です。天から降ろうとすると道の途中に、上は高天原を照らし、下は葦原中国を照らす神がいました。アメノウズメノミコトが問いただすと、サルダビコノカミ（猿田毘古神）だと名乗ります。天つ神の御子が天降ると聞いたので、先導役をしようと迎えにきたのです。八尺《やさか》の勾璁《まがたま》、鏡、草薙剣《くさなぎのつるぎ》をアマテラスから授けられたヒコホノニニギノミコトは、日向《ひむか》の高千穂に降ります。

「この地は朝鮮に相対していて、（薩摩の）笠沙《かささ》の御前《みさき》にも通じている。朝日がよくさし、夕陽が照るよいところだ」

そういって壮大な宮殿を造営し、そこに住むことにしました。

ヒコホノニニギノミコトは笠沙の御前で美しい少女と出会います。オホヤマツミノカミ（大山津見神）の娘コノハナノサクヤビメ（木花之佐久夜毘売）です。ヒコホノニニギノミコトとコノハナノサクヤビメとのあいだに産まれたのが、ホデリノミコト（火照命）、ホスセリノミコト（火須勢理命）、ホヲリノミコト（火遠理命）の三柱です。ホデリノミコトとホヲリノミコトの兄弟のいさかいは海幸彦と山幸彦の物語として知られています。

山幸彦ことホヲリノミコトとトヨタマビメノミコト（豊玉毘売命）のあいだに生まれたのが、アマツヒコヒコナギサタケウガヤフキアヘズノミコト（天津日高日子波限建鵜葺草葺不合命）で、彼がトヨタマビメノミコトの妹であるタマヨリビメノミコト（玉依毘売命）を妻として生まれたのがカムヤマトイハレビコノミコト（神倭伊波礼毘古命）です。

カムヤマトイハレビコノミコトというのは、神武天皇のことです。神武天皇は兄のイツセノミコト（五瀬命）と相談して、天下の政《まつりごと》をつつがなく行なうために、東方に都を求めることにします。神武天皇の一行は東へ進んで、難波《なにわ》の地に到着します。するとと待ち構えていたナガスネビコ（那賀須泥毘古）と戦になり、イツセノミコトは手に矢を受けてしまいます。

「わたしは日の神の御子なのに、日に向かって戦ったのが失敗だった。遠く廻って、日を背負って戦おう」

そこで南へ回って、紀伊の国に向かいますが、イツセノミコトは亡《な》くなってしまいます。熊野に上陸した神武天皇は、ヤタガラス（八咫烏）に先導されて大和の国に入ります。兄の敵のナガスネビコたちを討ち平らげ、大和の橿原《かしはら》で都を開きました。

記されています。『古事記』の世界も、いまやもう地上の巻となりました。代々の皇室の事績がずっと記されています。そのなかから二つの悲しい物語をご紹介します。

私たちの世代は子供の時に、代々の天皇の名前を覚えさせられました。神武、綏靖《すいぜい》、安寧、懿徳《いとく》、孝昭、孝安、孝霊《こうれい》、孝元、開化、崇神《すじん》、その次の垂仁ですから、十一代目ということになります。

垂仁天皇の后《きさき》のサホビメ（沙本毘売）は、非常に美しく、天皇をとても愛していたのです。ところが、サホビメには、サホビコ（沙本毘古）という仲のよい兄がいました。あるとき、サホビコがサホビメに、こっそり尋ねます。

「夫の天皇と兄とどちらを愛《いと》しいと思う」

「それはお兄さまよ」

それではと、サホビコは短刀をサホビメに授け、「これで天皇を刺し殺せ。おれとおまえと二人でこの国を治めよう」と持ちかけます。

天皇がサホビメの膝《ひざ》を枕《まくら》にして眠っているときに、サホビメは三度まで短刀を振り上げるのですが、どうしても殺すことができません。思わず涙がこぼれ、天皇の顔にかかります。天皇は目を覚まし、「不思議な夢を見た。佐保のほうから通り雨が来て、急に雨が顔に降り注いだ。また錦色《にしきいろ》の小さなヘビが首のまわりに巻きついた。変な夢だ」。サホビメはもう隠せないと思い、実は、と打ち明けます。

このときのサホビメの言葉がデリケートなのです。

「兄が私に言いますの。『夫の天皇と兄とどちらを愛しいと思う』。目の前で言われたので、私はやむなく、『それはお兄さまかな』と言ってしまいました。それで、こういうことになりました。申しわけありません」

最初の場面と比べると、言葉が微妙に異なります。原文でいうと、〈兄《いろせ》ぞ愛《は》しき〉だったのが、〈兄《いろせ》ぞ愛《は》しきか〉と変化しているのです。天皇が受ける衝撃を少しでも和らげようとする女らしい心遣いです。もう少しでサホビコにたばかられるところだったと、天皇は急いで軍勢を出します。

サホビコは、稲城《いなぎ》を築いて、戦います。稲城というのは、稲の藁《わら》を束にして堅く積み上げた砦《とりで》のことです。サホビメは兄を思う気持ちが堪え難く、宮廷の裏門から逃げ、砦のなかに入ります。天皇は、サホビコこそ憎いけれど、サホビメに対する愛情には変わりありません。しかも、サホビメはこのとき身重だったのです。そのため、天皇の軍勢は攻めあぐね、稲城を取り囲んでいるだけでした。

そうこうするうちにサホビメに子どもが生まれました。

「この御子のことを天皇の御子だとお思いでしたらお返しいたします」

天皇は愛しく想《おも》うサホビメをも取り返そうと考えます。力持ちで、すばやい兵士をより集めて、「御子を受け取るときに、ついでに后も連れて帰れ、髪でも手でも捉《つか》まえて引き出せ」と命じます。

ところがサホビメは、かねてから天皇の心のうちを知っていて、すっかり髪を剃《そ》り、その髪を頭に載せます。腐らせた玉の緒を手に三重に巻きつけ、着るものも酒で腐らせたのですが、見かけは完全な身なりを装《よそお》います。そうしておいて、御子を城外に差し出すと、兵士たちは、いまだとばかり、后を捕らえようとしますが、髪は落ち、着物は破れ、玉の緒はばらばらになってしまい、捕らえることができませんでした。

当時は、男と女は別れるときに、互いに衣の下紐《したひも》を結び合い、ふたたび会うまで決して解かないと約束しあうという優しい風習がありました。「あなたが結んだ下紐はだれに解かせたらよかろうか」と天皇が問いかけると、サホビメは答えます。「丹波のエヒメ、オトヒメという二人の女王は心のきれいな人たちですから、どうぞお后に」。その言葉の裏には、私のように二心ある人ではないという意味がこめられていたのでしょう。

やがて、稲城は天皇の軍勢の火で巻かれて、サホビメはサホビコとともに死にます。野心と恋の両方を失おうとしている兄のために、せめて恋だけはと、サホビメは思ったのかもしれません。

最後は、ヤマトタケルノミコト（倭建命）の物語です。ヤマトタケルノミコトは、父景行天皇に命じられ、西のクマソタケル（熊曾建）兄弟を討ちに向かいます。屋敷の新築完成祝いの日、ヤマトタケルは少女の姿に変装し、宴たけなわのさなか二人を討ち取ります。続いて出雲国のイヅモタケル（出雲建）も討伐します。都に戻ったヤマトタケルに、天皇は東国の征伐を命じます。東国に向かう途中、伊勢の大神宮にお参りします。伊勢神宮の斎宮《さいぐう》は、ヤマトタケルの叔母にあたるヤマトヒメノミコト（倭比売命）でした。ヤマトタケルが、ヤマトヒメに泣き言を言います。

〈天皇既に吾《あれ》死ねと思ほす所以《ゆゑ》か、何しかも西の方の悪しき人等《ひとども》を撃ちに遣《あ》はして、返り参上《まゐ》り来《こ》し間、未《いま》だ幾時《いくだ》も経《あ》らねば、軍衆《いくさびとども》を賜はずて、今更に東の方十二道《とをまりふたみち》の悪しき人等を平《ことむ》けに遣はすらむ。これによりて思惟《おも》へば、なほ吾既に死ねと思ほしめすなり〉

「天皇は、私のことを死ねと思っておられるのでしょうか。西の悪しき人たちを討ち、帰ってきたばかりなのに、再び東を平らげよといわれるのです。兵も貸してくださらないのです。これではもう死ねといわれるのと同じです」

これはもう愚痴にほかなりません。『日本書紀』のヤマトタケル（日本武尊）は天皇にひたすら従順な軍人ですが、『古事記』のヤマトタケルには人間的なところがあって心を打たれますね。

ヤマトヒメは、もしものことがあったら使うようにと、草薙剣《くさなぎのつるぎ》と火打ち石をヤマトタケルノミコトに授けます。ヤマトヒメには、妹（女）が兄（男）を守るという琉《りゅう》球《きゅう》のおなり神の影響が感じられます。

ヤマトタケルノミコトは、尾張国でミヤズヒメ（美夜受比売）と結婚の約束をしたのち、各地を平定しながら東へ向かいます。相模《さがみ》国では、そこの国造《くにのみやつこ》に騙《だま》され、野原で火をつけられます。ヤマトタケルは草薙剣で草をはらってから、火打ち石で向かい火をつけて難を逃れ、国造たちを滅ぼします。さらに進んで走水海《はしりみずのうみ》を渡ろうとしたとき、大変な波が立って、ヤマトタケルノミコトの軍船はぐるぐるまわり、進むことができません。同行していたヤマトタケルの后・オトタチバナヒメノミコト（弟橘比売命）が、「これは海神の怒りです。私が皇子の身代わりに沈んで、海神の怒りを鎮《しず》めます。あなたは無事に任務を果たして、都へお帰りください」—と言って海に入ると、荒波はおさまり、船はふたたび進めるようになりました。このときオトタチバナヒメが詠んだ歌です。

さねさし　相武《さがむ》の小野に　燃ゆる火の　火中《ほなか》に立ちて　問ひし君はも

「相模の野原で火に囲まれたときに、あなたは炎のなかに立って、大丈夫か、と言って私を案じて下さったわ」

七日後、オトタチバナヒメの櫛《くし》が海岸に流れついたので、御陵《みささぎ》を造って納めました。女性たちの献身に支えられて、ヤマトタケルノミコトは東国をあちこち転戦します。東国を平定したのち、甲斐《かい》から信濃を越えて尾張国に戻り、ミヤズヒメと結ばれます。さらに伊吹山の神の退治に向かうのですが、ヤマトタケルは草薙剣をヒメのもとに置いていきました。山の神は大きな雹《ひょう》を降らせて、ミコトをさんざん打ち惑わします。さすがの英雄も、疲れはてて、杖《つえ》をついて、よろよろと都に向かいます。三重の鈴鹿のあたり、もう都は指呼の間になったのに、もはや足は一歩も進みません。ヤマトタケルはそこで倒れてしまいます。ヤマトタケルはミヤズヒメのことを思い出したでしょう。海へ身を投げて、ミコトを助けてくれたオトタチバナヒメのことも思い出したはずです。

最後に、ヤマトタケルは、残された人にむかって歌いかけます。

命の　全《また》けむ人は　畳薦《たたみこも》　平群《へぐり》の山の　熊白檮《くまかし》が葉を　髻華《うず》に挿《さ》せ　その子

「元気でいる人は平群の山の青々としたくま樫の葉を髪にさして、この世を楽しく送っておくれ」――

倭《やまと》は国のまほろば　たたなづく　青垣　山隠《ごも》れる　倭しうるはし

「大和というのは、どうしてこんなにきれいな国なのだろう。青々とした山、青い垣のような山に囲まれて、実に美しい」

ヤマトタケルノミコトが、後世の私たちに捧《ささ》げてくれたラブメッセージです。恨みがましい歌でも悲しい歌でもなくて、すばらしい人生の応援歌を残して、ヤマトタケルノミコトは亡《な》くなります。そしてミコトの魂は、大きな白い鳥になって、最後には空高く天へと翔《かけ》っていったのです。

『古事記』には、血なまぐさい争いもたくさん描かれていますが、このヤマトタケルノミコトのくだりだけでも充分に、私たちの大事な民族遺産ではないかと思います。

天皇も庶民も歌を詠んだ
万葉集

戦争中には、次から次へと戦地に出征する兵隊たちの勇気を鼓舞するため、そして残された人々を慰めるため、『万葉集』のなかから勇ましい歌が引用されました。我々の世代ですと、『万葉集』に対してあまりいい印象をもっていない方も多いかもしれませんが、そんな歌のなかからまず二首とりあげてみましょう。

今日よりは顧《かへり》みなくて大君の醜《しこ》の御楯《みたて》と出《い》で立つわれは（4373）

天地《あめつち》の神を祈りて征箭《さつやぬ》貫き筑紫の島をさして行くわれは（4374）

日本の海辺を守る防人《さきもり》たちが詠《よ》んだ歌です。七世紀には、朝鮮や中国が侵略してくるかもしれないという脅威がありました。東国の男たちが集められ、難波の港から船出して、九州や壱岐《いき》、対馬《つしま》に送られました。日本を守る役目の彼らが詠んだ、勇ましく奮い立つような歌が防人歌です。でも実際はそれほど勇ましいものではないことは、『万葉集』をていねいに読めばわかります。

しかし昭和初期には、政府や軍部は、自分たちに都合のいい歌を選んで、国民の士気の鼓舞に利用しました。与謝野晶子《よさのあきこ》さんはそんな風潮を憂《うれ》えていて、『万葉集』に早くから親しんでしまうと、王朝の和歌の細やかな心理のあやを理解することが難しくなると心配していました。

とはいえ、『万葉集』は、日本国民の大きな財産です。約千二百年前に編纂《へんさん》されたもので、四千五百首余りの歌が収められています。プロの歌人の歌だけではなく、天皇、皇后から官吏、一般庶民、さまざまな人たちの歌が集められているのが大きな特徴です。古代の日本の庶民の本当の心持ちが数多く歌われています。日本文学史のうえで、最高の国民文学のひとつです。

開巻劈頭《へきとう》を飾るのは、雄略天皇御製の歌です。歌の柄がとても大きいのですが、本当に雄略天皇の御製かどうかはわかりません。中国の歴史書に、讃、珍、済、興、武の五人の倭国の王から朝貢《ちょうこう》があったことが記されていて、その武が雄略天皇だろうといわれています。とても勇ましく、さまざまな武勇伝が伝えられていて、古代の代表格の王です。

籠《こ》もよ　み籠《こ》持ち　掘串《ふくし》もよ　み掘串《ぶくし》持ち　この岳《をか》に　菜摘《なつ》ます児《こ》　家聞かな
告《の》らさね　そらみつ　大和《やまと》の国は　おしなべて　われこそ居れ　しきなべて　わ
れこそ座《ま》せ　われにこそは　告《の》らめ　家をも名をも（1）

「丘の上で青菜を摘んでいるかわいい娘さん、あなたの家はどこ？　お父さんの名は何？……私かい？　私はこの大和の国を治めている帝《みかど》だよ」

これは求婚の歌です。結婚は子孫が繁栄したり、五穀が実ることにつながりますから、とてもめでたいことです。それを寿《ことほ》いで、この歌を冒頭に置いたわけです。

『万葉集』の中でどの歌が好きかというアンケートを取ったら、おそらく額田王《ぬかたのおおきみ》の歌が断然トップでしょう。額田王は、天武天皇と天智天皇という二人の男性に愛された女性です。額田王は巫女《みこ》的な存在だったという説もあります。普通の女性の尺度でははかれないような人生を生きたのかもしれません。

額田王は少女の頃から大海人《おおあま》皇子、のちの天武天皇の后の一人でした。二人のあいだには、十市皇女《とおちのひめみこ》という女の子が生まれます。でも、その後、天智天皇の后の一人になります。額田王はすでに中年になっていました。

天智天皇は近江に都を遷《うつ》しました。旧暦の五月五日、近江の蒲生野《がもうの》で一大ページェントが行なわれました。中国の慣わしをもとにしたもので、五月五日に女の人は薬草を摘み、男の人たちは狩りをします。五月晴れの空のもとで、緑は青々と繁《しげ》って、あちこちでかがり火がたかれています。ピクニックと狩りが一緒になったような大宴会です。額田王がかつて愛を交わした大海人皇子に歌いかけます。

あかねさす紫野《むらさきの》行き標野《しめの》行き野守《のもり》は見ずや君が袖《そで》振る（20）

標野というのは一般人が立ち入ることのできない丘陵地です。野守という番人もいますが、晴れの狩りの日ですから、大勢の人たちがそこかしこに散らばっています。「あかねさす」というのは「紫」の枕詞《まくらことば》とされますが、赤の強い紫色の花が咲いているのではないか、という説もあります。

「紫草がずっと咲いているきれいな野原、あなたは人が見ているのに大っぴらに私に手をお振りになったりして」

大海人皇子の返しです。

紫草《むらさき》のにほへる妹《いも》を憎くあらば人妻ゆゑにわれ恋ひめやも（21）

「紫草のように美しいあなた、あなたを今でも恋すればこそです。あなたは人妻だけれども、私はいまだにあなたに思いを残していますよ」

これは深刻な想いがこめられているのではなく、みんながよく知っている昔の二人のかかわりも踏まえて、大人の男女が互いにふざけ合っているのです。とても美しいイメージに包まれているので、たくさんの人に愛されてきました。

壬申《じんしん》の乱という、日本の国を二つに分ける大きな戦争があって、大海人皇子は、天智天皇の皇子である大友皇子を倒して、天武天皇として即位します。天武天皇の正式な后は、天智天皇の娘です。その頃は、叔父と姪《めい》、叔母と甥《おい》のあいだの結婚は許されていました。許されないのは同父、同母の兄弟姉妹間の愛でした。

天智天皇は自分の息子に跡を継がせたかったのですが、政治上大きな存在である弟の大海人皇子に脅威を強く感じていました。自分の娘を二人も大海人皇子の嫁にしたのは、弟を懐柔しようとしたのでしょう。姉は大田《おおた》皇女。妹は鸕野讃良《うののさらら》皇女、すなわち後の持統天皇です。大田皇女は大伯《おおく》皇女と大津皇子を産むのですが、二人を残して若くして身罷《みまか》ります。一方、妹の鸕野讃良皇女が産んだのが草壁《くさかべ》皇子です。

大津皇子は体力も優れていて、文武両道の達人です。漢詩を作るのもとてもうまい。性格も魅力的だったのでしょう。たくさんの人たちが大津皇子のもとに集まります。

しかし鸕野讃良皇女は自分の産んだ草壁皇子を帝位につけたいと願っていました。彼女にとって、大津皇子は目の上のこぶです。やがて天武天皇が崩御するのですが、みんな喪に服しているさなか、大津皇子はわずかばかりの供を連れて密《ひそ》かに伊勢を訪れます。たった一人の姉である大伯皇女が、天武天皇即位とともに、十四歳で斎宮になって、伊勢神宮に仕えていたからです。

『万葉集』の詞書《ことばがき》にも、「ひそかに伊勢の神宮に下りて」とあります。帝の喪中に、近親の皇族が都を離れて伊勢に行く。後でどんな誤解を受けても弁明できません。いったい何があったのかわかりませんが、ただならぬ決意を秘めていたことは間違いありません。久しぶりに会った姉弟のあいだで、どんな話が交わされたのでしょうか。

大津皇子はやがて朝まだきに発《た》っていきます。それを見送った大伯皇女の哀切な歌です。

わが背子を大和へ遣《や》るとさ夜深《ふ》けて暁露《あかときつゆ》にわが立ち濡《ぬ》れし（１０５）

「あの人を大和に帰した。その後ろ姿を見送って私は暁《あかつき》の露に肩が濡れるまで立ち尽くしていました」

「背子」は、恋人や兄弟など親しい男性を女性からいう詞です。大伯皇女の歌はもう一首あります。

二人行けど行き過ぎ難き秋山をいかにか君が独り越ゆらむ（１０６）

「秋の山を旅するのは二人で行っても寂しい。それをあの子は一人越えていった。どんなに心細く寂しいことでしょう」

大津皇子は都に戻るとすぐに謀叛《むほん》を企てたかどで処刑されます。身内に不幸が起きたときには、斎宮はその任にとどまることはできません。大伯皇女は斎宮の任を解かれて大和に向かいます。どんなにその足は重かったことでしょう。

見まく欲《ほ》りわがする君もあらなくになにしか来けむ馬疲るるに（164）

「私に会いたいと思っているあの人はもうこの世にいないのに、どうして帰ってきたのだろう。馬が疲れるだけだというのに」

大和と河内の境にある二上山頂きに葬《ほうむ》られた大津皇子を大伯皇女は悲しみ悼《いた》みます。

うつそみの人にあるわれや明日よりは二上山を弟世《いろせ》とわが見む（165）

「私はこの現し世の人だが、あの子はもう黄泉《よみ》の国の人になってしまった。これからずっと二上山をあの子だと思って眺めましょう」

大津皇子はみんなに好かれていたのです。石川郎女《いしかわのいらつめ》という女性がいました。草壁皇子も彼女のことを愛していたのですが、恋の勝利者は大津皇子でした。大津皇子が石川郎女に贈った歌は、大津皇子の短い青春を象徴しています。

あしひきの山のしづくに妹《いも》待つとわれ立ち濡れぬ山のしづくに（107）

「君を待っている間、山のしずくに濡れてしまったよ」

どのような情景なのかはわかりません。これも刑死する運命を暗示する歌ではないか。皇子ともあろう者が山のしずくに濡れるということはあり得ないという人もいますけれど、少々理詰めにすぎる解釈ではないでしょうか。大津皇子はちょっとしたアバンチュールを楽しんで、石川郎女を人目のない山に誘い出したのかもしれません。石川郎女の楽しい返歌が残されています。万葉乙女のとても生き生きとした可愛《かわい》らしさがよくでています。

吾《あ》を待つと君が濡《ぬ》れけむあしひきの山のしづくに成らましものを（108）

「私を待って山のしずくに濡れたんですって。私、その山のしずくになりたかったわ」

『万葉集』の編纂にもっとも深く関わったと思われるのは大伴家持《おおとものやかもち》です。家持の歌が数多く採られているうえ、なかには家持の歌日記のような巻まであります。

その大伴家持の叔母にあたるのが、大伴坂上郎女《さかのうえのいらつめ》です。大伴坂上郎女はとても素晴らしい恋の歌をたくさん詠んでいます。この歌はデリケートな恋愛心理がきれいに詠まれています。

恋ひ恋ひて逢へる時だに愛《うつく》しき言尽《ことつく》してよ長くと思《も》はば（661）

「こんなに会いたい、会いたいと思ってやっと会えたんですもの。もっともっとたくさん私を愛しているって聞かせて。私たちの仲が長く続けばいいと思うのなら」

これに対して、大胆率直で奔放な歌をつくったのは、藤原鎌足《かまたり》です。天智天皇を助けて大化の改新をなし遂げた鎌足は、藤原家の始祖です。安見児《やすみこ》という女官がいました。宮廷に仕えている舎人《とねり》や女官は、みだりに恋愛をしてはいけません。帝が愛することになるかもしれないからです。けれども、大化の改新の功労者だから、帝から特別に許しが出たのです。

われはもや安見児《やすみこ》得たり皆人の得難《えがて》にすとふ安見児得たり（95）

みんながあこがれても手に入れられない美女を、鎌足は自分のものにしたわけです。そのときの手放しの喜びようは無邪気でとても可愛いです。

恋歌の中で切ないのは、遣唐使や遣新羅使《けんしらぎし》などで、夫が海外に出かけていく妻たちの歌です。東アジアの情勢は風雲急をつげていて、朝廷は新羅に対して使者を派遣します。後《あと》に残される妻たちは大変な思いです。現代でも、夫が海外へ単身赴任している奥様方は、毎日どんなに心配なことでしょう。その遣新羅使をテーマにした歌です。

武庫《むこ》の浦の入江の渚鳥《すどり》羽《は》ぐくもる君を離れて恋に死ぬべし（3578）

若くて情熱的な妻でしょうか、それとも中年の女性でしょうか。「君を離れて恋に死ぬべし」という歌を中年の妻から贈られた夫はどんな気持ちがしたのでしょう。「武庫の浦の入り江に親鳥がひな鳥をかばって育てている。そんなふうに私もあなたに守られてきたのに、あなたが行ってしまったら、私は恋死にしてしまう」

武庫の浦というのは兵庫県の武庫川の河口のことです。私は武庫川のそばにしばらく住んでいたことがあるので、この歌に対する思い入れがとくに深いのです。

君が行く海辺《うみべ》の宿に霧立たば吾《あ》が立ち嘆《なげ》く息《いき》と知りませ（３５８０）

「あなたが泊まる海辺の宿に霧が立ったら、それは私のため息だと思ってね」

大勢の僧侶《そうりょ》が新しい学問や仏教を学ぶために、遣唐使とともに中国へ渡ります。彼らはその地で得られるはずの知識、いろいろな経験に胸を弾ませています。しかし、後に残される母親は不安です。それはちょうど、このたびの大戦で満州で行方不明になった息子の帰還を信じて、戦後引揚船が入港するたびに舞鶴《まいづる》の岸壁に立った岸壁の母のような想《おも》いだったことでしょう。親子の情は昔から少しも変わりません。

旅人の宿りせむ野に霜降らば我が子羽《は》ぐくめ天《あめ》の鶴群《たづむら》（１７９１）

「空をかけっていく鶴よ、我が子が野宿するようなことがあったら、どうか羽を広げて露、霜から守ってあげておくれ」

『万葉集』について語るとなると、柿本人麻呂《かきのもとのひとまろ》、山上憶良《やまのうえのおくら》、山部赤人《やまべのあかひと》の三大歌人を落とすわけにはいきません。

人麻呂は後に人麻呂神社とか人丸神社というのが全国あちこちにできたぐらいで、歌聖と呼ばれています。人麻呂の詳しい経歴は不明ですが、長歌に優れていました。それでもって天皇の威徳をたたえ、広く人々に知らしめる、そんな役目を負っていたのかもしれません。でも人麻呂はとてもすてきな短歌も詠《よ》んでいます。私がとくに好きなのは、妻に別れてきたときの歌です。歌の調べが非常に美しくて、まさに天性の歌人だという気がします。

小竹《ささ》の葉はみ山もさやに乱《みだ》るともわれは妹思ふ別れ来ぬれば（133）

「行ってらっしゃい」といつまでも手を振っていた妻は、もう見えなくなってしまいました。山路を行く人麻呂の周りに笹が生い茂り、さやさやと葉ずれの音をたてています。すると人麻呂の心はしみじみとしてくるのです。

宇治を詠んだ歌もあります。文武の官の数が多いことから、「もののふの八十《やそ》」は「たくさん」という意味になり、「うぢ」とか「宇治川」という言葉にかかるようになりました。

もののふの八十《やそ》氏河《うぢがは》の網代木《あじろき》にいさよふ波の行く方《へ》知らずも（２６４）

「宇治川のいざよう波、その行方は知れない。川は流れ流れて、やまない」
人麻呂の呆然《ぼうぜん》としたまなざしが思われます。そこはかとなく憂愁の気分も流れていて、美しい歌です。

淡海《あふみ》の海《うみ》夕波千鳥汝《な》が鳴けば情《こころ》もしのに古《いにしへ》思ほゆ（２６６）

天智天皇が造った近江《おうみ》の都はすでになくなり、今は廃墟《はいきょ》になっています。天武天皇は飛鳥《あすか》浄御原宮《きよみはらのみや》に都を造営し、やがて奈良に移ることになります。
「近江の都はもはや廃墟になった。夕波千鳥が鳴くと自分はあの天智天皇のいました頃の盛んな宮廷のありさまが思い出されてならない」

山上憶良は、唐に留学したことのある官吏で、ハイカラなインテリです。しかし、官位の昇進は遅々として進まず、晩年近くになって筑前守《ちくぜんのかみ》として赴任します。同じ頃、大伴旅人《たびと》も政変に巻き込まれて大《だ》宰府《ざいふ》の長官として赴任します。二人は仲がよかったので、いささか旅愁を慰めることができたようです。

戦争中は、憶良の歌のなかでも勇ましいものがもてはやされました。憶良が死ぬ間《ま》際《ぎわ》に友人が使いをやって見舞ってくれました。それに憶良が応《こた》えた歌です。

士《をのこ》やも空《むな》しかるべき万代《よろづよ》に語り続《つ》ぐべき名は立てずして（978）

「男たる者、万代にまで語り継がれるような名前を残したいものだが、それができないというのは情けない」

しかし、勇ましい歌だけが憶良の全《すべ》てではありません。山上憶良は人情歌人といわれ、自分たちの家族をしみじみと想う歌も数多く詠んでいます。

宴会で引き止められた時の歌があります。現在でも、だらだらと長い宴会だと、早く帰りたいと思うことがありますね。浮世のつきあいでなかなかそういうわけにもいきませんが。

憶良らは今は罷《まか》らむ子泣くらむそを負《お》ふ母も吾《わ》を待つらむそ（337）

「いや、もう堪忍《かんにん》してくださいよ。子供は泣いているでしょう。その子らの母も待ちかねていることでしょう」

「そを負ふ母」というのは、つまり自分の妻のことですが、とてもユーモラスな言い方です。憶良はうまく抜け出せたのでしょうか。

瓜食《うりは》めば　子《こ》ども思ほゆ　栗食《は》めば　まして偲《しぬ》はゆ　何処《いづく》より　来《きた》りしものそ　眼交《まなかひ》に　もとな懸《かか》りて　安眠《やすい》し寝《な》さぬ（802）

「瓜を食べると、あの子はこれを好きだったと思い出してしまう。栗がごちそうに出てくると、これはあの子が好きだったと思う。子供って一体どこから来たのだろう。目の前にいつもちらついて安眠することができない」

瓜も栗も子供たちが好きそうなものです。今のようにお菓子なんかありませんから、木の実などは、子供たちの好物のおやつだったことでしょう。とても子煩悩《こぼんのう》で優しいお父さんです。

この歌への反歌は一世の絶唱です。

銀《しろかね》も金《くがね》も玉も何せむに勝《まさ》れる宝子に及《し》かめやも（８０３）

「子宝」という言葉は、この歌から生まれたといわれます。この歌はまさに人生の真実です。憶良の幼い子供が急死したときに詠んだとされますが、このとき憶良はかなりの高齢なので、子を亡《な》くした人のために代作したのではないかという学者もいます。

若ければ道行き知らじ幣《まひ》は為《せ》む黄泉《したへ》の使負《つかひ》ひて通らせ（９０５）

「賄賂《わいろ》を差し上げるから、どうぞあの世の使いの方、この子を負ぶって行ってください」「まひ」というのは賄賂のことです。まだ小さいからあの世へ行く道を知らないのです。幼い子を亡くした親の心持ちがよく表われています。

山部赤人は富士山を眺める歌がとても有名です。反歌とあわせてご紹介しましょう。

天地《あめつち》の 分《わか》れし時ゆ 神《かむ》さびて 高く貴き 駿河《するが》なる 布士《ふじ》の高嶺《たかね》を 天《あま》の原 振《ふ》り放《さ》け見れば 渡る日の 影《かげ》も隠《かく》らひ 照る月の 光も見えず 白雲《しらくも》も い行きはばかり 時じくそ 雪は降りける 語り継ぎ 言ひ継ぎ行かむ 不尽の高嶺は（317）

田児《たご》の浦ゆうち出《い》でて見れば真白《ましろ》にそ不尽の高嶺に雪は降りける（318）

藤原定家が選んだ「百人一首」では、「田子の浦にうち出てみれば白妙の富士のたかねに雪は降りつつ」というふうに、少し変えられたものが採られています。

現在ではあまりいわれなくなりましたが、富士山はなんといっても日本の象徴です。戦中、戦後を経験した者にとっては、富士山の存在は大きかったのです。日本は開闢《かいびゃく》以来負けたことはない、私たちの世代はそう教えられてきました。ところが無謀な戦争を仕掛けて、日本はこてんぱにやられてしまいます。今でも覚えていますが、終戦の詔勅を、暑い盛りの季節に聞きました。難しい言葉なので、何のことだかわかりません。しかし放送の空気はただならぬようすなので、どうやら負けたらしい……すると、隣の夫婦が、興奮を抑えかねたのか走ってきました。そのときの隣のおじさんの言葉が忘れられません。

「やっぱり神風吹きまへんでしたな」

みんなが茫然《ぼうぜん》自失しました。負けるはずのない日本が負けた。この現実をどう受け取っていいのかわかりませんでした。そんななか、一番日本人を慰め、励ましてくれたのは、有名な「国破れて山河あり」という漢詩の一節です。「国は敗れたけれども、日本の山河はもとのままではないか」。ある雑誌は富士山の写真を表紙に掲げ、富士山は変わらないと日本人の心を励ましてくれました。

山部赤人の玲瓏《れいろう》たる気高い歌を読みますと、これこそが日本人の象徴なのだと感じます。気高く、情け深く、優しく、そしてりりしい、日本人の心はこれからもそういうものであってほしい、二十二世紀になっても、そうあってほしいと思います。

〈天地の　分れし時ゆ　神さびて　高く貴き　駿河なる　布士《ふじ》の高嶺を　天の原　振り放け見れば〉

ちなみに古事記の冒頭に「天地《あめつち》初めて発《ひら》けし時」と記されています。この「天の原ふりさけみれば」という言葉には、民族の長い伝統や文化を感じます。この言葉を唱したときに、日本民族には過去のさまざまな歌が余韻となって響くわけです。「天の原ふりさけみれば春日なる三笠の山にいでし月かも」と阿倍仲麻呂《あべのなかまろ》は詠みました。

〈渡る日の　影も隠らひ　照る月の　光も見えず　白雲も　い行きはばかり　時じくそ　雪は降りける〉

太陽が富士山の陰に隠れてしまう。そのぐらい富士山は高いというのです。月の光さえ見えないのです。雲も富士山の肩にかかって前へ行けません。そして、頂きにはいつも雪をいただいている。なんてすばらしい山だろう。まさに〈語り継ぎ　言ひ継ぎ行かむ　不尽の高嶺は〉です。

名もない庶民も数多く歌を残しています。東国の人々のあいだで歌い伝えられてきた東歌《あずまうた》はその代表的なものです。地方色ゆたかで、特定の作者が分らぬものが多いです。

まずは、武蔵《むさし》国、現在の東京のあたりの歌です。

多摩川に曝《さら》す手作《てづくり》さらさらに何《なに》そこの児のここだ愛《かな》しき（３３７３）

かわいい乙女たちが多摩川で布をさらしています。その「さらす」という言葉を受けて「さらさらに」を引き出してきます。素朴な農民たちの歌です。

「どうしてあの子はあんなにかわいいのだろう。どうしてこんなに心を奪われてしまうのだろう」

次は下野《しもつけ》国の歌です。下野は現在の栃木県にあたります。地方の言葉が使われていて少々わかりにくいのですが、下野には安蘇《あそ》川という川が流れています。

下毛野《しもつけぬ》安蘇の河原よ石踏《ふ》まず空ゆと来《き》ぬよ汝《な》が心告《の》れ（３４２５）

「あその河原の石も踏まないで、空を飛んできたんだよ。一直線におまえの所にやってきたんだよ。おまえの気持ちを言っておくれ」

若い男の性急な求愛の歌ですが、河原の石も踏まないで空を飛んできたという表現に、一本気な男の気持ちがよく表れてさわやかですね。

こんどは女性の歌をご紹介しましょう。とても優しい恋の歌です。舞台は信濃《しなの》で、千曲川は有名ですね。

信濃なる筑摩《ちぐま》の川の細石《さざれし》も君し踏みてば玉と拾《ひろ》はむ（３４００）

「千曲川の小さな石。でもあなたがその川を渡るとき踏んだのなら、玉だと思って拾うわ」

これはさきほども引用した防人《さきもり》歌。

今日よりは顧《かへり》みなくて大君の醜《しこ》の御楯《みたて》と出で立つわれは（4373）

防人たちは勇ましく任地に向かいます。でも防人に駆り立てられる男たちにはたくさんの家族がいます。彼らのなかには、妻を亡くして男手で子供たちを育てる人もいたでしょう。そういう人たちも容赦なく召し集められます。

さきの戦争中と同じです。当時、召集令状の紙が赤かったので、赤紙と呼ばれました。赤紙が来ると、期日までに軍隊へ入らなければなりません。逃げ隠れなんてできませんし、遅れたりしたら大変なことになります。現代の若い人たちにそういう話を説明しても、当時の官憲の強力な権限というのは、なかなか理解してもらえません。自動車の講習か何かのように思っていて、「断ったらあきまへんのか」などと言うのです。

韓衣裾《からころむすそ》に取りつき泣く子らを置きてそ来《き》ぬや母《おも》なしにして（４４０１）

「お父ちゃん、どこ行くの。行かないで！」。子供たちは男たちのすそにとりついて泣きわめきます。しかし、お上のお召しとあれば行かないわけにはいきません。「おも」というのは「母親」のことです。「どうしたらいいだろう、この子たちは。母親もいないのに……」。父親の心は千々に乱れて、体の半分はここへ置いていきたいと、さぞかし思ったことでしょう。

こういう人間の哀切な気持ちを歌った歌は、第二次大戦中は広められませんでした。万葉集を学んだ人は知っていたでしょうが、防人のなかに、こんな人もいることを言《こと》挙《あ》げすることはできませんでした。戦意を失なわせるというので、正直な民衆の叫びは抑圧されていたのです。

防人《さきもり》に行くは誰《た》が背《せ》と問ふ人を見るが羨《とも》しさ物思《もひ》もせず（４４２５）

「こんど防人に行った人は、誰のお婿《むこ》さんなの？」。村の女たちが噂《うわさ》しています。そんな女たちに対して、「何の物思いもなく、あんなことを言い合っているなんて、ずいぶんのんきね」と、うらやんでいるのは、防人に召された男たちの妻です。

「背」は、大伯皇女の歌にでてきた「背子」と同じ意味で、夫のこと、「ともしさ」は、うらやましい気持ちのことです。自分の夫を引き立てられた女は本当に大変な思いをしたことでしょう。少年のような若い人たちまでもが引き立てられていきました。

父母も花にもがもや草枕《くさまくら》旅は行くとも捧《ささ》ごて行かむ（4325）

「お父さんやお母さんが草花だったらいいのに。摘んで、大切に捧げて、旅のあいだも一緒にいられたのに」

防人は、旅の費用をそれぞれが負担しなければならなかったという説もあります。もしそうなら、相当大きな負担だったはずです。三、四年の務めを無事に終えても、帰ってくる途中、病で旅に倒れてしまう人もたくさんいたそうです。この歌では、東北訛《なま》りがそのまま使われていて、「捧げて」というのが「捧ごて」となっています。

父母《ちちはは》が頭《かしら》かき撫《な》で幸《さ》くあれていひし言葉《けとば》ぜ忘れかねつる（４３４６）

まだ若い少年でしょう。お父さんやお母さんが頭を撫でて、「元気で行っておいで。病気なんかするんじゃないよ。無事な顔をまた見せておくれ」。そう言った言葉は忘れない。このような歌を読むと、まさに日本人の心の糧《かて》だという気がします。

大伴家持は、万葉の後期に活躍した歌人です。万葉初期の直接的で素朴な恋の歌、子を想《おも》う歌などに比べると、作風に変化がみられます。

春の苑《その》　紅《くれなゐ》にほふ桃の花下照《したで》る道に出で立つ少女《をとめ》（４１３９）

なんてカラフルな表現でしょう。桃の花があでやかに咲きにおっている。その下にちょうど桃の花のようにほほを染めた美しい乙女が立っている。とても美しい歌ですが、その美的感覚は現代的なところが少し感じられます。

わが屋戸《やど》のいささ群竹《むらたけ》吹く風の音のかそけきこの夕《ゆふべ》かも（４２９１）

柿本人麻呂の歌に「小竹《ささ》の葉はみ山もさやに乱《みだ》るともわれは妹思ふ別れ来ぬれば(133)」というのがありましたね。同じく笹の葉の音を題材にしても、後の世代の大伴家持は、「吹く風の音のかそけき」という表現のなかに、夕方の憂《うれ》いのようなものをこめています。

私は樟蔭《しよういん》女子専門学校で安田章生《あやお》先生に国文学史を習いました。安田先生は、歌人でもいられました。安田先生は授業のとき、とてもよく通る声で、ゆっくりと古い歌を唱してくださいました。あるとき先生が「『万葉集』を読んでいて、これはかなわないと思った歌があります」とおっしゃいました。それは長田《ながた》王が伊勢に派遣されたときに詠《よ》んだとされる歌です。

うらさぶる情《こころ》さまねしひさかたの天のしぐれの流らふ見れば(82)

「うらさぶるこころさまねし」というのは、なんとなく憂いを感じるというような意味でしょう。こういう繊細な感情が万葉集の段階ですでに詠まれているのです。フランスの近代詩も及ばないぐらいの格調の高さです。この歌を通して安田先生に歌の格調というものを教わりました。

安田先生はまた、歌には調べが大切だとおっしゃいました。私はいまは歌は詠みませんが、安田先生の試験の点数が少しは良くなるかという浅はかな考えから短歌部に入って、次のような歌を先生に披露したことがあります。

刈り終へて田をうれしみて広々と　かけ集《つど》ふ子らに夕日あかしも

冷《ひ》え冷《び》えと風の当たればそよぎ立つ　あしの間ゆ海見えてきぬ

「悪いこともないけれども、ええこともない」と先生にいわれました。「『広々』とか『冷え冷え』という言葉は使わないほうがいい。そういう言葉を使わずに、広々とした風景や冷え冷えとした感じを描かないといけない、歌とはそういうものです」。それを聞いて、とても私のような者の及ぶものではないと悟って、短歌部をやめました。

先生が授業でおっしゃった言葉です。

「歌の調べというのは、言葉ではなんとも言えないもので、これだからこうと教えることはできません。新古今には新古今の調べが、万葉には万葉の調べがあって、どれも美しい。あなた自身にもあなたの調べというものがあるはずです。調べがいい歌は一度読んだら決して忘れません。調べのいい歌は記憶に残り、あなたの血肉になります。だから、いい歌をたくさん読まなければなりません」

私は物覚えがいいほうではありませんが、いままでお話しした万葉の歌は、調べがいいので、いつのまにか耳に残ったのです。記憶にとどまり、人生の宝ものとなりました。

天平宝字三（七五九）年、因幡《いなば》の国の守《かみ》である家持は正月の一日、主立った人を集めて宴会を行ないます。そのときに家持が詠んだ歌です。

新《あら》しき年の始の初春の今日降る雪のいや重《し》け吉事《よごと》（4516）

「あらたしき」というのは「新しい」と同じです。いまでも「心を新たに入れかえて」とか「日々に新たに」といいますが、昔は「あらたしい」と言ったのです。

豊年の象徴とされる雪が因幡の国庁の庭に降り積もっています。なにやらよいことをことほぐような雪です。「いやしけ」というのは、「いよいよこれに重なってほしい」、「よごと」は「よきこと」です。

「新しい年の初めに降る雪、その雪を見つつ、いいことばかり重なればよいと願う」この四五一六首目の新年を祝う歌で『万葉集』は閉じられます。

日本人の心の奥には、万葉人《びと》の骨太な人生謳歌《おうか》がずっと流れています。「きよく、なほく、あかき」という言葉がありますが、『万葉集』は、清らかで、率直で、情に厚い、日本人の理想像を示してくれているように思えてなりません。

子を失った悲しみはいつまでも

土佐日記

『土佐日記』の作者である紀貫之《きのつらゆき》は王朝を通じて第一級の歌人の一人です。九世紀後半の生まれですが、正確な生没年は不明です。皇族や藤原氏一族だと記録がきちんと残されているのですが、紀貫之は紀氏《きうじ》の出身です。紀氏はもともとは名族でしたが、藤原氏の勢いに押されて、しだいに中流貴族になっていき、あまり高い地位につけなくなります。その時代、国は広さや人口や貢租《こうそ》などにより、大上中下の四つに分けられていましたが、紀貫之が国司として赴いた土佐は、そのなかで中国にすぎません。でも紀氏は昔から土佐に縁があり、貫之のかなり年上のいとこである紀友則《きのとものり》も土佐掾《じょう》をつとめています。

貫之の父・紀望行《もちゆき》も歌人として知られた人ですが、母の出自ははっきりしません。貫之の童名が内教坊阿古久曾《ないきょうぼうのあこくそ》というところから、内教坊の妓女だったのではないかともいわれています。内教坊というのは役所の中の歌舞音曲を研修するグループで、そこに仕える妓女が百五十人ほどいました。「国立の宝塚みたいなものでしょうか」とある学者におたずねしたら、その方は苦笑いなさいました。どうもよくわからないところらしいです。そこの妓女の一人が貫之の母親だったようなのです。紀貫之の母は歌や踊りや楽器が上手な人だったのでしょう。貫之の歌のきれいなリズムは、彼女の音楽的な感性が遺伝したのかもしれません。

紀貫之は漢文学にすぐれ、詔勅の起草や禁中の書籍を扱う仕事をしていましたが、しだいに歌人として知られるようになり、ついに醍醐《だいご》天皇により『古今和歌集《こきんわかしゅう》』の撰《せん》者に選ばれます。紀貫之以外の撰者は紀友則、凡河内躬恒《おおしこうちのみつね》、壬生忠岑《みぶのただみね》。この四人の撰者《じゃ》の歌は、のちに藤原定家が「百人一首」に選んでいます。

紀友則の歌。

久方《ひさかた》のひかりのどけき春の日にしづ心なく花のちるらむ

紀貫之の歌。

人はいさ心も知らずふるさとは花ぞ昔の香ににほひける

「あなたの心はわかりませんけれど、確かに花だけは昔と変わらず咲いていますね」

初瀬《はせ》の長谷寺へ参るたびに泊まっていた家があったのですが、しばらく来訪がとだえて、久しぶりに訪れたときに、その家の人が、宿は昔のままにありますのに、と言ったのに対し、そこに咲いていた梅を折って詠《よ》んだ歌です。あなたの心こそわからないというわけです。その家の人も、花は昔と同じように咲いているけれども、植えた人の心はわからないと歌で返したそうです。

凡河内躬恒の歌。

心あてに折らばや折らん初霜のおきまどはせるしらぎくの花

あたり一面真っ白な初霜が降りていて、白菊の花がどこにあるかわからないのです。

そして壬生忠岑の歌。

晨明《ありあけ》のつれなくみえし別れより暁ばかりうきものはなし

醍醐天皇は、延喜の治とその治世をうたわれた天皇です。大変な文化人で、初めての勅撰集の編纂《へんさん》を紀貫之たちに命じました。そうして生まれたのが『古今和歌集』です。

『古今和歌集』の成立は延喜五（九〇五）年とされますが、編纂を命じたのがこの年だという説もあります。九世紀後半に生まれた貫之はまだ三十代、新進気鋭の歌人です。貫之は批評家としても優れていて、小野小町初め有名な歌人の批評をしているのですが、なかなか的を射ています。彼は揚々たる自負心を込めて『古今和歌集』の序文を書き、完成した喜びを込めています。

「仮名序」の最後のところを少しご紹介しましょう。

〈それ、まくらことは、春の花にほひすくなくして、空《むな》しき名のみ秋の夜の長きをかこてれば、かつは人の耳に恐《おそ》り、かつは歌の心に恥ぢ思へど、たなびく雲のたちゐ、鳴く鹿の起きふしは、貫之らがこの世に同じくむまれて、この事の時にあへるをなむ、喜びぬる〉

それまで日本の教養人は、漢字、漢文、漢学が全《すべ》ての発想のもとでした。漢文でものを考え、漢字で文章を記していました。ようやくこのころから大和言葉を使って歌を詠むようになり、我が国の言葉で綴《つづ》られた歌集をつくろうという気運が生まれたのです。
〈人麿なくなりにたれど、歌のこととどまれるかな〉。歌聖といわれた人麻呂は亡《な》く
なったけれども、歌はいまだに残って我々を慰め励ましてくれる。〈たとひ、時移り
事去り、楽しび哀しびゆきかふとも、この歌の文字あるをや〉。なんという高い心持
ちでしょう。彼らの視線は遠く高いところを見ています。文字があるのだから歌が消
え去ることはない。過去、現在、未来にわたって歌は大変大きな力を持つという信念
があります。〈青柳の糸絶えず、松の葉のちり失せずして、まさきのかづら長く伝は
り、鳥のあと久しくとどまれらば〉、鳥の跡というのは文字のことです。〈歌のさまを
知り、ことの心を得たらん人は、大空の月を見るがごとくに、いにしへを仰ぎて今を
恋ひざらめかも〉。この本が散逸せず伝わるなら、後世の人たちは延喜の帝の御代を
恋しがるにちがいない。『古今和歌集』が伝わる限り、日本の歌の心、そして和歌は
滅びない。自信に充《み》ち満ちた宣言です。

「仮名序」の冒頭は、こう始められます。

〈和歌《やまとうた》は、人の心を種《たね》として、万《よろづ》の言《こと》の葉とぞなれりける。世の中にある人、事《こと》・業《わざ》
しげきものなれば、心に思ふ事を、見るもの聞くものにつけて、言ひいだせるなり。

花に鳴く鶯《うぐひす》、水に住むかはづの声を聞けば、生きとし生けるもの、いづれか歌をよまざりける。力をも入れずして天地《あめつち》を動かし、目に見えぬ鬼神をもあはれと思はせ、男《をとこ》女《をむな》のなかをもやはらげ、猛《たけ》き武士《もののふ》の心をもなぐさむるは、歌なり〉

歌のすぐれたものは天地をも動かす。男女の仲、猛き武人の心も動かす。この強い自信があったからこそ、『古今集』は現在まで残ったのです。

でも江戸時代になると、おちょくり精神が旺盛ですから、『古今集』の序をもとに、こんな狂歌を詠んでいます。

歌よみは下手こそよけれ天地《あめつち》の動き出《いだ》してたまるものかは

春、夏、秋、冬といった折々の季節から、旅、男女の恋、人の世のすべてを歌いあげた『古今和歌集』。その撰集にたずさわれたことは貫之の大変な誇りでした。私たちもそのおかげで、貫之を始めとするさまざまな歌人の素晴らしい歌を知ることができるのです。

しかし、紀貫之は官吏としてはなかなか昇進しませんでした。歌の縁で知り合った人に懸命に働きかけてもいます。何十年も経《た》ってようやく土佐の国司になれました。

この時代の官吏は単身赴任ではなく、大勢の家の子郎等を連れていきます。このとき、遅くにできた女の子を貫之は連れていくのですが、その子は土佐での四年の暮らしの中で亡くなってしまいます。任期が果てて、貫之は船旅で土佐から都へ戻ります。土佐に行くときは一緒だった子が今はもういない。その悲しみは尽きることがありません。

紀貫之は赴任先から都へ帰る船旅の歌日記を書くことにします。男が日記を書く場合、普通は漢文です。しかし漢文では、「泣血《きゅうけつ》」のような固い言葉でしか悲しみを表現できません。自分の悲しみ、細かな心のひだ、そういうものは漢文では書き尽くせない。そう思ったときにおそらく、貫之は仮名で書くことを思いついたのです。男もするという日記を女の私もしてみるわと、女になったつもりで女手で書かれたのが『土佐日記』です。子供を失った悲しみを貫之は繰り返し書き記しました。

『土佐日記』の冒頭は、よく知られています。

〈男もすなる日記《にき》といふものを、女もしてみむとて、するなり。それの年の、十二月《しはす》の、二十日《はつか》あまり一日《ひとひ》の日の、戌《いぬ》の時に門出《かどで》す。そのよし、いささかに、ものに書きつく〉

土佐の国司の任務を終えて帰るとき、貫之は六十歳を超えていました。『古今和歌集』の撰者を晴れがましくつとめたのは、もう三十年も昔のことです。

承平四（九三四）年、土佐の国から出発します。十二月二十一日に出立したといっても、それは国守の館を出ただけで、港から出航したのではありません。館から少し離れた、港のそばに屋移りしたのです。国守が交替するとなると、今までなじんだ人が、次から次へと別れの宴会をしてくれます。平安時代、新任の国司が任地に赴くとき、国府の役人が歓迎の宴会を催すことを逆迎えといいます。それは新しく来る人でしたら、サービスもするでしょう。でも、これから去っていき、二度と土佐へは戻ることはないのに、貫之を慕ってたくさんの人が何度も送りにきてくれます。その人たちの志の厚さに、貫之は大いに感動します。

二十七日になってようやく、〈大津より浦戸をさして漕《こ》ぎ出づ。かくあるうちに、京にて生まれたりし女子《をむなご》、国にてにはかに亡《う》せにしかば、このごろの出立《いでた》ちいそぎを見れど、なにごともいはず、京へ帰るに、女子のなきのみぞ、悲しび恋ふる。ある人々もえたへず。この間に、ある人の書きて出だせる歌、

都へと思ふをものの悲しきは帰らぬ人のあればなりけり〉

この船旅はなかなか難儀なものでした。現在では高知―大阪間は飛行機で四十分ぐらいですが、この旅は十二月の二十一日に屋敷を出て、自宅に着いたのは二月の十六日、五十五日間の旅でした。

しかも貫之一家だけではなく、家来たちも家族を伴っているからかなりの大所帯です。年老いた人たちもいれば、小さな子供もたくさんいます。幼い子供でも、昔はけっこう歌を詠むのです。

正月七日、弁当を持って一行を送りに来た人が詠みます。

行くさきに立つ白波の声よりもおくれて泣かむわれやまさらむ

この素朴な歌に対して貫之は、波より大きな声で泣くというのなら相当な大声だろうと冷やかしています。この歌に対して返歌をする者がいなかったのですが、なんと小さな童が歌を返します。

行く人もとまるも袖《そで》の涙川みぎはのみこそぬれまさりけれ

うまく詠んだものだと貫之は感動します。こういうエピソードがいくつか記されています。貫之はことに幼い子を亡くしているから、子供たちの言動に、心動かされて熱心に書きとめたのでしょう。

船が出港してからも、港へ泊まると、そこへもいろんな人たちが追いかけてきて、酒や食べ物を贈ってくれます。お正月も港で迎えました。

九日の早朝、いよいよ国府を離れて漕ぎ出します。海岸の景色がまるで屛風《びょうぶ》にかかれた絵のようです。「べらなる」は、貫之がよく使う言葉ですが、古風な趣を感じさせていいものですね。

〈かくて、宇多《うた》の松原を行きすぐ。その松の数いくそばく、幾千歳《いくちとせ》へたりと知らず。もとごとに波うち寄せ、枝ごとに鶴ぞ飛びかよふ。おもしろしと見るにたへずして、船人のよめる歌、

見渡せば松のうれごとに住む鶴は千代のどちとぞ思ふべらなる〉

しだいに海も空も暮れていきます。天候についての判断はもう水夫《かこ》、楫取《かんどり》、船頭たちに任せなければしようがありません。〈かくあるを見つつ漕ぎゆくまにまに、山も

海もみな暮れ、夜ふけて、西東《にしひむがし》も見えずして、天気《てけ》のこと、楫取《かぢと》りの心にまかせつ〉。何て心細い船旅でしょう。まさに「板子一枚下は地獄」、真っ暗な中を船は揺られていきます。

〈男《をのこ》も、ならはぬはいとも心細し〉。男でさえ、船旅になれない人は心細かった。〈まして女は、船底に頭《かしら》を突き当てて、音《ね》をのみぞ泣く〉。女たちは泣いているのに、船頭たちは船歌を歌っています。貫之はこういう歌にも関心をもち、几帳面にメモをとります。

〈春の野にてぞ音《ね》をば泣く、わが薄《すすき》に手切る切る、摘んだる菜を、親やまぼるらむ、姑《しうとめ》や食ふらむ、かへらや〉。「かへらや」というのは囃子《はやし》ことばのようです。「ススキで手を切りながら――ススキの葉先は鋭いものですから――やっと摘んだ菜を、姑はむしゃむしゃと食べてしまった、ああつまらない」。農家の嫁の苦労は今も昔も変りません。

船歌はもう一つ紹介されています。〈夜《よん》べの、うなゐもがな、銭乞《こ》はむ、虚言《そらごと》をして、おぎのりわざをして、銭も持て来ず、おのれだに来ず「昨夜の女の子は、あいつけしからん。いいかげんなこと言って物を持っていって、金も持って来ないし、自分も来ない」〉。「おのれだに来ず」というのは、くそ、見ていろというようなニュアンスでしょうか。貫之はおかしくてたまらなかったようです。〈これならずおほかれども、書かず。これらを人の笑ふを聞きて、海は荒《あ》るれども、心は少し凪《な》ぎぬ〉。〈十一日。暁に船を出《い》だして、室津を追ふ。人みなまだ寝たれば、海のありやうも見えず。ただ、月を見てぞ、西東をば知りける。かかる間に、みな、夜明けて、手あひ、例のことどもして〉

「例のことども」というのは毎朝の決まりごと、顔を洗ったりしたのです。〈昼になりぬ。いまし、羽根といふところに来ぬ〉。これは室戸市の羽根岬だといわれています。幼い子供が、羽根岬と名を聞いて、「羽根というのは鳥の羽みたいになってるの?」と言うのが可愛《かわい》いのでみんなが笑います。七日にも歌を詠んだ、少し年上の少女が、その言葉を聞いて歌を詠みます。昔の子供たちは、子供ながらに五七五七七が即座に出てくるんですね。

まことにて名に聞くところ羽《はね》ならば飛ぶがごとくに都へもがな

「ほんとうに羽という名ならば飛ぶように都へ帰りたいわ」

〈男も女も、いかでとく「京へもがな」と思ふ心あれば、この歌よしとにはあらねど、げにと思ひて、人々忘れず〉。いい歌ではないけれど、本当にそうだとみんな感じ入ってしまいました。

しかしこのことがきっかけで、紀貫之の妻は亡くなった女の子を思い出してしまうのです。〈下りしときの人の数足らねば〉、都から土佐へ来たときと比べ、帰るときの人数は一人足りない。女の子がもうこの世にいない。〈古歌に、「数は足らでぞ帰るべらなる」といふことを思ひ出でて、人のよめる、

世の中に思ひやれども子を恋ふる思ひにまさる思ひなきかな〉

〈十二日。雨降らず〉。なかなか船は進みません。やっと室津に来ました。〈十三日の暁に、いささかに雨降る。しばしありてやみぬ〉。このとき湯あみなどします。航行中は、そういうこともできませんから。〈十日あまりなれば、月おもしろし。船に乗りはじめし日より、船には紅濃くよき衣《きぬ》着ず〉。あまりきれいな紅の服を着ていると、海神に魅入られるという言い伝えが船乗りの間にあるらしく、みんなきれいな着物は着られないのです。

十四日は暁から雨のため同じところに泊まります。十五日には、小豆《あずき》がゆを食べら

れず口惜しい思いをしました。〈なほ日の悪しければ、ゐざるほどにぞ、今日二十日あまりへぬる。いたづらに日をふれば、人々海をながめつつぞある〉。海も怖いし海賊も怖い、早く都へと思っているのに、遅々として進みません。そういうときに女の子が可愛い歌を詠みます。これは前に歌を詠んだ子とは違う子かもしれません。

立てば立つゐればまたゐる吹く風と波とは思ふどちにやあらむ

「思ふどち」というのは仲よしのお友達という意味です。「風が立つと波も立つわ、風がおさまると波もおさまるわ。風と波とは仲のいいお友達ね」。いかにも子供らしい歌です。〈いふかひなき者のいへるには、いと似つかはし〉。頑是ない子供らしい歌だと貫之は感じ入ります。

十六日。いまだ波風がやまないので、そのまま同じところにいます。その後も天候が悪く、思うようには進めません。

ようやく二十日の夜に月が出て、二十一日に出航するのですが、〈かくいひつつ行くに、船君《ふなぎみ》なる人、波を見て、国よりはじめて、海賊報いせむといふなることを思ふうへに、海のまた恐ろしければ、頭《かしら》もみな白けぬ〉。海賊が来るかもしれないという噂《うわさ》があったうえに、海も荒れているものですから、みんな頭が白くなってしまいました。

海賊を取り締まるのは国守の仕事ですが、その国守が帰るとなると、いままで取り締まられた腹いせに海賊が襲うのではないか、という恐怖があります。それに加えて、一国の国守を勤めあげて都に引き揚げるときは、かなりの財産を持って帰るのです。かなり高齢になっていた貫之が土佐守を引き受けたのは、しがない都の役人でいるよりは、地方の官になったほうが財を蓄えられるからです。『土佐日記』には記されていませんが、そういう経済的な理由が背後にあります。国守の任果てて都へ帰る船というのは、海賊に襲われやすいのです。

〈二十三日。日照りて曇りぬ。「このわたり、海賊のおそりあり」といへば、神仏を祈る〉。海賊が追いかけてくるかもしれないという噂は絶えず聞こえてきます。早く逃げたい、でも海が荒れていて船は出せない。そうなると神仏に祈ることしかできません。

〈二十六日。まことにやあらむ、「海賊追ふ」といへば、夜なかばかりより船を出《い》だして漕ぎ来る途《みち》に、手向けするところあり〉。航路の安全をお祈りするところへかじ取りたちは幣《ぬさ》を奉《たてまつ》って安全な航海を祈願します。すると、いい風が吹いてきました。

船頭たちは誇らかに帆を掲げます。船足が速くなり、みんなもほっとします。〈このなかに、淡路《あはぢ》の専女《たうめ》といふ人のよめる歌〉。船中には、おばあさんも乗船していたのですね。追い風が吹いてきたと一喜一憂するさまが手にとるようです。

追風の吹きぬるときはゆく船の帆て打ちてこそうれしかりけれ

〈二十七日。風吹き、波荒ければ、船出《い》ださず〉。また船が停まってしまい、みんな嘆きます。ある女が歌を詠みます。都はまだはるかに遠く、雲煙万里のかなたです。

日をだにも天雲近く見るものを都へと思ふ道のはるけさ

二十九日には「土佐の泊り」というところを通過します。今でも鳴門市には土佐泊というところがあり、貫之の歌碑が建っています。

さて、三十日になりました。丸々一カ月以上たったわけです。〈雨風吹かず。「海賊は夜あるきせざなり」と聞きて、夜なかばかりに船を出《い》だして、阿波の水門《みと》を渡る〉。海賊は夜は襲ってこないというのを聞いて、夜に船を出したわけです。やっと鳴門の海峡までやってきました。〈夜なかなれば、西東《にしひむがし》も見えず。男女《をとこをむな》、からく神仏を祈りて、この水門を渡りぬ〉。ほんとうに大変な思いですね。みんな懸命に神仏にお祈りします。

〈寅卯の時ばかりに〉というから午前五時ごろです。〈沼島《ぬしま》といふところをすぎて〉、今でも淡路島の南にある小さな島です。〈多奈川といふところを渡る。からく急ぎて、和泉《いづみ》の灘といふところにいたりぬ〉。ようやく大坂の和泉地方にたどり着きました。〈今日、船に乗りし日より数ふれば、三十日《みそか》あまり九日《ここぬか》になりにけり。今は和泉の国に来ぬれば、海賊ものならず〉。ここまで来たらもう安心です。海賊に追いかけられることもありません。

〈二月一日。朝《あした》のま、雨降る。午時《むまとき》ばかりに止《や》みぬれば、和泉の灘といふところより出《い》でて、漕ぎゆく。海のうへ、昨日のごとくに、風波見えず。黒崎の松原をへてゆく。ところの名は黒く、松の色は青く、磯の波は雪のごとくに、貝の色は蘇芳《すはう》に、五色にいま一色ぞ足らぬ〉。貝の色が赤く、ところの名は黒、松は青くて波は白い。子供の絵本みたいで、思わずほほ笑んでしまいます。こういう素朴な描写がとても面白いのです。

船君が言います。「二月中に着けるはずだったのに、二月になってしまった。下手な歌ですが、お聞きください」。

曳《ひ》く船の綱手の長き春の日を四十日《よそか》五十日《いか》までわれはへにけり

船をこいでいて四、五十日たってしまったというだけの単純な歌です。〈聞く人の思へるやう、「なぞただ言《こと》なる」〉。普通に詠《うた》っているだけではないかとみんな思うのですが、船君にしてみればうまく詠んだと思いこんでいるのだと書きとめています。貫之は結構ユーモア感覚がある人です。そういう足取りの軽さも『土佐日記』の愛される理由のひとつでしょう。

さて、ある泊《とまり》へ来ました。そこの浜では、さまざまなきれいな貝が採れます。そのなかの忘れ貝という貝は、それを拾うと、恋しい人あるいは恋しいことを忘れることができるといわれています。その言い伝えをもとにして貫之は歌います。

寄する波うちも寄せなむわが恋ふる人忘れ貝おりて拾はむ

こういう歌を詠んでも、亡《な》き子をなかなか忘れることはできません。〈船の心やりによめる〉、船旅の苦しさを忘れるために詠む。

忘れ貝拾ひしもせじ白玉を恋ふるをだにもかたみと思はむ

これは貫之の妻の歌かもしれません。「あの子の思い出が私の心にある限り、忘れ貝を拾おうという気にはなれない。白玉のようにあの子のことをいつまでも思っていよう。親にしてみれば、あの子はまさに白玉。真珠のような子だった」。〈女子《をむなご》のためには、親幼くなりぬべし。「玉ならずもありけむを」と人いはむや。されども、「死《しん》じ子、顔よかりき」といふやうもあり〉。亡くなった女の子のことを思うと親はまるで大人の心を失ってしまう。「あの子が真珠？」と他人は笑うかもしれない。けれども昔から言うではありませんか、早死にした子は器量よしだと。そんな言葉があったのですね。

和泉の海を航行しているとき、もっと速く漕ぐよう貫之が催促します。船長が水夫に指示するのですが、これが不思議なことに三十一文字になっているのです。〈御船《みふね》よりおふせたぶなり。朝北《あさぎた》の、出《い》で来ぬさきに、綱手はや曳け「船君もお船からおっしゃってるぞ。朝の北風が吹かないうちに、早く綱手曳けと」〉。貫之も驚いたようで、そのまま書きとめています。〈このことばの歌のやうなるは、楫取りのおのづからのことばなり。楫取りは、うつたへに、われ歌のやうなることいふとにもあらず〉。自分では歌を詠んだなんて思っていないのです。〈聞く人の、「あやしく、歌めきてもいひつるかな」とて、書きいだせれば、げに三十文字あまりなりけり〉。

これと同じようなことが、ずいぶん前にラジオの天気予報でありました。「明日《みょうにち》は北東の風薄曇り、天気次第によくなる見込み」。もちろんアナウンサーはそんなことは考えずに原稿を読んでいるだけなのですが、そういうおかしいことが時々ありますね。

住吉の渡りを過ぎると、いよいよ大坂です。さきほどの忘れ貝と同じように、忘れ草を摘むと恋人や恋を忘れることができるという言い伝えが住吉にはあります。亡き子の母はひとときも忘れられません。

すみのえに船さし寄せよ忘れ草しるしありやと摘みてゆくべく

「住の江の岸に船を寄せてください。ほんとうにあの子を忘れられるのなら忘れ草を摘んでいきたい」

〈うつたへに忘れなむとにはあらで〉。ひたすら忘れたいというのではなくて、〈恋しきここちしばしやすめて、またも恋ふる力にせむとなるべし〉。とても複雑な心理状態ですが、恋しさをしばらく休めて、また思い切り恋い慕うための力を蓄えたい、そういう気持ちでいるのだろうと貫之は考えます。

さて、思いがけずも逆風になります。漕いでも漕いでも船は後ろへ進んでしまいます。住吉明神に幣を奉っても風はやまなかったのですが、かけがえのない鏡を海に投げ込むと、海面はそれこそ鏡のように静かになりました。

〈六日。澪標《みをつくし》のもとより出《い》でて、難波に着きて、川尻に入る〉。ようやく淀川です。淀川河口は八十島といってたくさん島があり、そのため浅瀬が多いので、船がよく座《ざ》礁《しょう》します。船の進む深いところをしめすために澪標が数多く立てられています。澪というのは水脈《みお》のことです。水脈の串《くし》から澪標、現在の大阪市の市章となっています。

　いつしかといぶせかりつる難波潟葦《あし》漕ぎそけて御船《みふね》来にけり

「いつになったら難波に着くんだろうと思っていて、ようやく着いた難波潟。その難波の葦をこぎ分けて船が一足ずつ都へ近寄っていく」。難波まで来たら大丈夫という安心感がこの歌にはこめられています。

〈いと思ひのほかなる人のいへれば、人々あやしがる〉。思いもかけない人が歌を詠んだというのは、いままで黙っていた人、あるいは思いもよらない身分の低い人たちのことでしょうか。船君の言葉です。〈船酔ひしたうべりし御顔には似ずもあるかな〉。船酔いしていた顔には似合わず、みごとな歌を詠みましたね。こういう笑いをきちんと拾いあげる貫之の感覚が素敵です。

〈七日。今日、川尻に船入りたちて漕ぎ上《のぼ》るに、川の水ひて、なやみわづらふ。船の上ることいとかたし〉。また困ったことがおきました。川の水かさが少なくてなかなか船が進めないのです。〈かかる間に、船君の病者《ばうざ》、もとよりこちごちしき人にて、かうやうのことさらに知らざりけり。かかれども、淡路専女《あはぢたうめ》の歌に賞《め》でて、都誇りにもやあらむ、からくして、あやしき歌ひねりいだせり。その歌は、

来《き》と来ては川上り路《のぼぢ》の水を浅み船もわが身もなづむ今日かな〉

船君は歌の技術は下手なくせに、みんなが歌を詠むと負けてはいられないと、自分は病気で困っているくせに歌をすぐ詠むのです。

〈八日。なほ川上りになづみて、鳥飼《とりかひ》の御牧《みまき》といふほとりに泊る〉。鳥飼という地名は現在も摂津市にあります。〈ある人、あざらかなる物持て来たり。米《よね》して返りごとす〉。泊まっている船に新しい魚を売りに来るのです。米を与えて、その礼とします。

〈九日。心もとなさに、明けぬから、船を曳きつつ上れども、川の水なければ、ゐざりにのみぞゐざる〉。川の水が少ないので、船がいざるような進み方しかできない。

〈この間に、曲《わだ》の泊りの分《あか》れのところといふところあり。米、魚など乞へば行《おこな》ひつ〉。このあたりまで来ると人里が近いので、米にしろ魚にしろ、欲しいといえば売りに来てくれるわけです。

〈かくて、船曳き上るに、渚《なぎさ》の院といふところを見つつ行《ゆ》く〉。渚の院というのは現在の枚方市にあり、惟喬《これたか》親王の別荘があったところです。惟喬親王は文徳《もんとく》天皇の第一皇子です。母は紀氏出身、紀名《きのな》虎《とら》の娘で静子といいます。惟喬親王は文徳天皇に愛されていたけれども、文徳天皇のもとに藤原良房《よしふさ》の娘・明子《あきらけいこ》が入内します。そのあいだに生まれたのが惟仁親王ですが、紀一族と藤原一族とでは力の比べようもありません。藤原氏は自分の一族の姫君が産んだ惟仁親王を次の帝《みかど》に立てます。九歳で即位した清和天皇です。惟喬親王は結局帝の位につくことはできませんでした。

在原業平《ありわらのなりひら》はこの惟喬親王と大変親しくしていました。というのは、在原業平は紀氏一族の姫君を妻にしているのです。若いころ、在原業平は絶えず渚の院へうかがい、春の桜狩りをしたり、宴を催したりして一緒に楽しみました。紀氏にゆかりのあるところですから貫之も渚の院というところを見ると、さまざまな思いが胸に去来します。在原業平のいた時代はもうはるか遠く、貫之がほんの子供のころのことです。〈故惟喬の親王の御供に、故在原業平の中将の、

世の中にたえて桜の咲かざらば春の心はのどけからまし

といふ歌よめるところなりけり〉

『古今和歌集』や『伊勢物語』では「桜のなかりせば」ですが、『土佐日記』では、「桜の咲かざらば」になっています。〈いま、今日ある人、ところに似たる歌よめり〉。いま生きている人が場所にちなんだ歌を詠みます。

千代へたる松にはあれどいにしへの声の寒さはかはらざりけり

現代の私たちが読んでもよくわかる素朴な歌です。この時代はまだ手の込んだ技巧というのはそれほど発達していません。〈都の近づくをよろこびつつ上る。かく上る人々のなかに、京より下《くだ》りしときに、みな人、子どもなかりき、いたれりし国にてぞ子生める者ども、ありあへる〉。若い人たちがお供の中にたくさんいます。都から土佐へ下るときには若い夫婦たちの間に子供はなかったのですが、このたびは土佐でできた子供が一緒です。〈人みな、船のとまるところに、子を抱きつつおり乗りす〉。

〈これを見て、むかしの子の母、悲しきにたへずして、

なかりしもありつつ帰る人の子をありしもなくて来るが悲しさ〉

「みんなで行ったときに子供はいない人が多かった。なのに今私が帰るときには、いた子がもういないのだ」。〈といひてぞ泣きける。父もこれを聞きて、いかがあらむ〉。父というのは貫之自身のことです。

〈かうやうのことも、歌も、好むとてあるにもあらざるべし〉。物好きで感じたり詠んだりするものではない。〈唐土《もろこし》もここも、思ふことにたへぬときのわざとか〉。歌と

いうものは胸一つに耐えかねる自分の思いを歌うんだ。それは唐土も日本も変わりはない。

土佐へ行くときには子供がいたのに帰るときはいなかったのに帰るときには連れて帰る人たちがいる。この悲しさは耐えがたいと貫之の妻が詠んだ歌は、人の心を打ちます。

〈十一日。雨いささかに降りて、やみぬ。かくてさし上るに、東《ひむがし》のかたに山の横ほれるを見て、人に問へば、八幡《やはた》の宮といふ〉。ようやく京都近郊の石清水《いわしみず》八幡宮まで帰ってきました。

〈これを聞きてよろこびて、人々拝み奉《たてまつ》る。山崎の橋見ゆ。うれしきことかぎりなし〉。いよいよ京都府乙訓《おとくに》郡大山崎町です。

〈十二日。山崎に泊れり。

十三日。なほ山崎に。

十四日。雨降る。今日、車京へとりにやる〉

すぐに帰ればいいのですが、いろいろ準備が必要です。女性が多いので牛車を用意しなければなりません。

〈十五日。今日、車ゐて来たり。船のむつかしさに、船より人の家に移る〉

船内にいるのは窮屈なものですから、知り合いの家に入らせてもらいます。〈この人の家、よろこべるやうにて、饗応《あるじ》したり。この主《あるじ》の、また饗応《あるじ》のよきを見るに、うたて思ほゆ。いろいろに返りごとす〉

それまではそんなに親しい間柄ではなくても、国守を務めて帰ってきたときには、とても大事に饗応《きょうおう》してくれました。貫之はあまり親切なので、むしろ困っているみたいです。相応の礼を見越しての親切なのでしょうから。「いろいろに返りごとす」とわざわざ書き記しています。〈家の人の出《い》で入り、憎げならずゐややかなり〉。でも、この家の人はみんな上品で、人柄がよさそうでした。

〈十六日。今日の夜《よう》さつかた、京へ上《のぼ》る〉。夜さつかたは、夜さりかたともいって、平安時代からある言葉です。私の祖母は古い大阪弁を使うので、「夜さりに電話してすいません」と時々言っていました。旅から帰ってくるときは、やつれたり、塵《ちり》や垢《あか》にまみれていたりするので、人目を避けて夕方から夜にかけて京へ入ることが多いのです。

〈かくて京へいくに、島坂にて人饗応《あるじ》したり。かならずしもあるまじきわざなり〉。京都への途中の現在の向日《むこう》市のあたりで、知り合いが待っていて、いろいろ饗応してくれたのですが、こんなに丁寧にしてくれなくてもいいというのが貫之の本音です。

〈たちてゆきしときよりは、来るときぞ人はとかくありける。これにも返りごとす〉。出発のときより、帰ってきたときにみんながちやほやしてくれる。一応はこれにもいろいろ御礼をしたのですけれど。

いよいよ、〈夜になして、京には入らむと思へば、急ぎしもせぬほどに、月出《い》でぬ。桂川、月のあかきにぞ渡る〉。帰心勃々《ぼつぼつ》です。やっと京へ帰ってきました。〈人々のいはく、「この川、飛鳥川にあらねば、淵瀬さらにかはらざりけり」〉。飛鳥川は流れがよく変わるのですが、都の桂川は変わりません。出発したときのままです。

帰ってみると、屋敷は大変荒廃していました。貫之の本音がそのまま出ているのが女の繰り言めいてます。〈夜ふけて来れば、ところどころも見えず、京に入りたちてうれし〉。それはよかったのですが、〈家にいたりて門《かど》に入るに、月あかければ、いとよくありさま見ゆ。聞きしよりもまして、いふかひなくぞこぼれ破れたる〉。どうしてこんなに荒れているのだろう。〈家に預けたりつる人の心も、荒れたるなりけり。中垣こそあれ、ひとつ家のやうなれば、望みて預かれるなり〉。隣の家との間に中垣があり、一軒の家みたいだから、私のところが面倒を見ますと、隣の人が進んで預かってくれたはずなのに。〈さるは、たよりごとに物もたえず得させたり〉。だからこの家には何かにつけ、届け物をしたではないか。まさに女の愚痴です。男にこんなことが言えるでしょうか。〈今宵、かかることと、声高にものもいはせず。いとはつらく見ゆれど、心ざしはせむとす〉。みんな、大きな声で隣の悪口を言ってはいけないよ。本当に腹が立つけれども、しようがないから、礼だけはしようと思うというのです。〈さて、池めいてくぼまり、水つけるところあり。ほとりに松もありき。五年六年《いつとせむとせ》のうちに、千歳《ちとせ》やすぎにけむ、かたへはなくなりにけり〉。五、六年のあいだに、松が半分枯れてしまっていました。〈いまおひたるぞまじれる〉。新しく生えた松も混じっています。〈おほかたのみな荒れにたれば、「あはれ」とぞ人々いふ〉。〈思ひ出《い》でぬことなく、思ひ恋しきがうちに〉、ここからが哀切です。〈この家にて生まれし女子《をむなご》の、もろともに帰らねば、いかがは悲しき〉。最も悲しいのは、この家で生まれた女の子を一緒に連れて帰れなかったこと。〈かかるうちに、なほ悲しきにたへずして、ひそかに心知れる人といへりける歌、

生《む》まれしも帰らぬものをわが宿に小松のあるを見るが悲しさ〉

「あの子は帰らないけれども、新しい小さな松がこの家の庭に生い立っていた」。こんな場面で、『土佐日記』は、静かに閉じられます。

最後まで読んで初めて、貫之がなぜ女手で書いたのか納得できます。男ならもう諦《あきら》めなさいといわれるところですが、女ならいつまでも子を失った悲しみを語り続けることができたからなのです。

王朝女流歌人

恋のベテラン、和泉式部

王朝時代には素晴らしい女流歌人が多いのですが、そのなかから、伊勢、小野小町、和泉式部、代表的な三人を取りあげます。

最初は、『古今和歌集』に、女性でもっとも多く撰《えら》ばれている伊勢です。二十二首も入首しています。当時からとても重んじられた女流歌人でした。伊勢が詠《よ》んだ歌のなかで、『古今和歌集』に最初に登場するのは、次の歌です。

春霞《はるがすみ》たつを見すててゆくかりは花なき里に住みやならへる

「やっと春になった。これから美しい花がいっぱい咲くわ。それなのに雁は帰っていく。あの雁は花のない里に住みなれているのかしら」

伊勢の私家集『伊勢集』を読むと、彼女のおおよその生涯を知ることができます。

伊勢は藤原継蔭《つぐかげ》の娘です。継蔭が伊勢守《いせのかみ》をつとめていたので、伊勢と呼ばれるようになりました。宇多天皇の后である温子《おんし》中宮に仕えました。温子中宮は十七歳で宇多天皇の後宮に入るのですが、その際、有能な女房たちをまわりに集めます。紫式部たちを集めた中宮彰子《しょうし》と同じです。伊勢は若い頃から歌の上手さで、注目されていたのです。温子中宮は体が弱く、娘を一人もうけただけでした。とても優しく、女房たちを大事にしたので、女房たちはみな温子中宮に心酔しました。もちろん伊勢もそのひとりです。

美しくて和歌がうまい伊勢は多くの男性から求愛されました。そのなかで伊勢の心をとらえたのは、温子中宮の弟・藤原仲平《なかひら》です。

仲平は政界で一番勢力のある関白・藤原基経《もとつね》の次男です。讒言《ざんげん》して菅原道真を大宰府に左遷《させん》させた藤原時平は長兄です。どうやら仲平は温厚な人物だったようです。政界であまり出世しなかったのは、そのせいかもしれません。

仲平とのことを知った父・継蔭は身分が違いすぎることを心配します。なにしろ、関白の息子と受領《ずりょう》の娘ですから。父の心配どおり、関白の御曹子《おんぞうし》である仲平は有力貴族の娘と結婚をします。伊勢と会う機会も少なくなります。仲平とのことが噂《うわさ》になり、伊勢はスキャンダルに傷つきます。伊勢は仲平に会いたいと願うのですが、仲平の返事はつれないものでした。「百人一首」に採られた伊勢の歌は、そんな折に詠まれたものでしょうか。

難波潟みじかき葦のふしのまもあはでこの世を過ぐしてよとや

「難波江の岸に生えている葦は、節と節の間が短いわ。それと同じように短い世の中なのに、あなたは会わないで過ごせというの」

心に傷を負った伊勢は都を離れ、父・継蔭が赴任していた大和へ赴くことを決心します。伊勢は、仲平を思いきるかのような手紙を出します。

三輪の山いかに待ちみん年ふともたづぬる人もあらじと思へば

「三輪のお山のように、私は待っているけれども、あなたは何年たっても来てくださらないんでしょうね」

この時はまだ仲平に未練があったのかもしれません。そのうち、仲平の兄の時平からラブレターが来るようになりました。そうこうするうちに、温子中宮から都に戻ってくるよう誘われます。伊勢は気を取り直して、ふたたび出仕することになりました。一つの恋に破れて、憂《うれ》いに沈んでいる伊勢は、とても美しい風情《ふぜい》でした。男たちからたくさん恋文が届きます。仲平からも便りがあったのですが、プライドの高い伊勢はこれをはねつけます。

ところが、ある男性のプロポーズに対しては、伊勢は断れませんでした。その相手というのは宇多天皇だったのです。温子中宮の関係でまずいのではないかというのは、現代人の感覚です。藤原氏の権力者たちにとっては、自分の娘の女房に天皇の思《おぼ》し召しがあるというのは、むしろ望ましいことです。

伊勢は宇多天皇に寵愛《ちょうあい》され、皇子を産みます。温子中宮に仕えるために、伊勢は子供を親に預けます。女房というのはワーキング・ウーマンですから。

親王を生んだ女房の立場は、それまでとは扱いが異なります。「伊勢」と呼ばれていたのが、「伊勢御息所《みやすんどころ》」あるいは「伊勢の御《ご》」と呼ばれるようになります。

しかし、皇子は幼くして亡《な》くなります。さらに、温子中宮まで亡くなってしまいます。仕えていた女房たちは、みんな涙に暮れます。当時の葬式は、五色の糸をより上げて、その糸を経文を乗せる台などに飾りつけます。泣きながら糸を織る姿を見て、伊勢が詠んだ歌です。

　よりあはせて泣くらむ声を糸にしてわが涙をば玉にぬかなむ

伊勢はそののち、宇多天皇の皇子・敦慶《あつよし》親王にもプロポーズされ、生まれたのが歌人として有名な中務《なかつかさ》です。伊勢ともども三十六歌仙に選ばれています。

晩年の伊勢は屛風《びょうぶ》歌を数多くのこしています。『今昔物語集』に次のようなエピソードが紹介されています。醍醐《だいご》天皇がある祝いの会で、新しい屛風をつくることにしました。絵とその絵について詠んだ歌の色紙を屛風に張るのが趣向です。命を受けた歌人たちが歌を献上し、能書で知られる小野道風《おののとうふう》が次々に歌を書いていきます。ところが、女車の上に桜の花が咲いている絵の歌に関しては、天皇が命じるのをうっかり忘れていました。それを残念に思った天皇は、伊勢御息所に頼もう、しかし伊勢御息所は趣の深い人だから、彼女が一目置くような青年を使者に立てなければいけない、と考えます。

藤原伊衡《これひら》という青年に白羽の矢が立ちます。美男で、頭のいい人です。伊衡はさっそく五条の伊勢の屋敷を訪れます。物古《ものふ》りてはいますが、手入れが行き届いて清らかな家でした。なかに通されると、御簾《みす》が雅《みやび》やかに下がっていて、空薫物《そらだきもの》の香りがします。伊勢は御簾の内にいるようですが、当時の風習として、もちろん男性に顔は見せません。伊衡が帝の仰《おお》せを伝えると、御簾の向こうから、伊勢の声がほのかに聞こえます。

「あらかじめ仰せがあったとしても、とても難しいのに、ましてやこんなに急では……」

伊勢は困っている様子です。すると、簾《すだれ》の内から召使いの少年が現れます。手には銚子を持っています。ふと気づくと、扇に載せられた盃が目の前に据えられていました。少年は酒を勧めます。私が酒を飲むのを知っているのだなと、伊衡は心憎く思います。三杯、四杯、と飲むほどに青年の顔が薄紅色になってきます。簾の内にいるらしい若い女房たちがどよめいている様子です。

やがて、歌が書かれた紫の紙と趣味のいい女物の装束一重が差し出されます。装束は使者である伊衡への贈り物です。それをいただいて、ゆっくりと退出しますが、伊衡の立ち居振舞はとても優美だったそうです。

伊衡が宮中に戻ると、殿上人たちが大勢待っていました。小野道風がすでに筆に墨を含ませて待っています。天皇がご覧になると、道風の書に劣らず美しい文字で、こう書かれていました。

ちりちらずきかまほしきをふるさとのはなみてかへるひともあはなむ

「故郷の花は散ったかしら。まだ咲いているかしら。花を見に行った人にそれを聞いてみたいわ」

美しい歌を即座に詠んだのです。伊勢が卓越した歌人だったことを伝えるエピソードです。

小野小町《おののこまち》は出自や生没年が定かではありません。現在の秋田生まれで、絶世の美女だという伝説がありますが、いずれも確証はありません。小野小町の歌への批評を紀貫之が『古今和歌集』仮名序に描いています。なよなよして、女っぽい歌だというのです。

〈小野小町は、いにしへの衣通姫《そとほりひめ》の流なり。あはれなるやうにて、強からず。言はば、よき女《をうな》の悩めるところあるに似たり。強からぬは、女の歌なればなるべし〉

小町は恋の歌を数多く残しました。ボーイフレンドもたくさんいたようです。小町は真剣に恋をする能力があった女です。恋をして眠ると、夢にその人を見ます。そんな夢を詠んだ歌です。

思ひつつぬればや人の見えつらん夢と知りせばさめざらましを

「あの人を想いながら寝たら、あの人に会えた。夢だと知ってたら、目を覚まさなかったのに」

うたたねに恋しき人を見てしよりゆめてふ物はたのみそめてき

「うたた寝の中に恋しいあの人があらわれてきた。あら、夢というのはいいわ」

いとせめて恋しき時はむばたまの夜の衣をかへしてぞきる

着物を裏返しに着て寝ると、想っている人の夢を見ることができると信じられていたのですね。

花の色はうつりにけりないたづらに我が身世にふるながめせしまに

「長雨に降られて、桜の花の色があせてしまったように、私の容色も衰えてしまったわ。長いことぼんやりしているうちに」

この歌は「百人一首」に採られました。「ながめ」という言葉は、物思いという意味の「眺め」と、「長雨」の掛詞《かけことば》になっています。貫之のいうこともわからなくもありませんが、嫋々《じょうじょう》とした気分がいかにも王朝風で、素敵な歌だと思います。

文屋康秀《ふんやのやすひで》が、三河国の掾《じょう》になりました。掾というのは守《かみ》、介《すけ》、掾、目《さかん》の四等官のうちの三等官です。三河へ赴任する康秀から田舎を見に行かないかという誘いがかかります。小町が返した歌はこうです。

わびぬれば身をうき草の根を絶えて誘ふ水あらばいなんとぞ思ふ

「都で生きていたってつまらないんだもの。まるで浮き草の根のようなものだわ。誘ってくれる人があればどこへでも行くわ」

もちろんこれは言葉のうえの男と女の駆け引きです。真に受けると大恥をかきます。

小町のことを想《おも》い続けた男がいます。小野貞樹《さだき》です。小町が若くて、男にちやほやされている時は、遠くから眺めているだけだったのでしょう。小町が若い盛りを過ぎて、寂しそうにしている時に、おずおずとプロポーズしたのです。ふたりの歌には、中年を迎えた男女の、しっとりとした感じがあります。

今はとてわが身時雨《しぐれ》にふりぬれば言の葉さへに移《うつ》ろひにけり

「私はすっかり歳をとってしまったわ。あなたの気持ちも変わったでしょう」

人を思ふ心この葉にあらばこそ風のまにまにちりもみだれめ

「君を思う気持ちが、木の葉のようなものなら、とっくに風に散り散りになっているよ」

小町は貞樹としばらく一緒に暮らします。でもそのうちに、貞樹にも死に別れてしまいます。自らの人生を顧みた小町が行く末を思うとき、眼に浮かぶのは、我が身を焼く野の煙です。「霞《かすみ》」は、火葬の煙を指します。

あはれなりわが身のはてやあさ緑つひには野べの霞と思へば

そんなものまで見てしまった小町は、生まれ故郷とされる陸奥《みちのく》へ帰ったのでしょうか。小野小町は流浪《るろう》の末行き倒れたという風説が生まれました。

在原業平がある時、東国をさすらって、陸奥の八十島というところで宿をとります。一晩中、何か悲しげに泣く声がするので、耳をすませてみると〈秋風の吹くにつけてもあなめあなめ「目が痛い、目が痛い」〉と聞こえます。どうやら和歌の上の句のようです。翌朝声のしたあたりを探してみると、薄野原《すすきのはら》の中に、どくろがぽつんと転がっていて、目の穴から薄が生い立っていました。土地の者に業平が尋ねると、小野小町がここで死んだという伝説があり、どくろは小町のそれかもしれないというのです。業平は、〈をの（小野）とはいはじ薄おひけり〉と下の句をつけて弔ったそうです。同じような話が、東国だけではなく、全国いたるところにあるのです。おそらく小野小町の伝承を語り歩く巫女《みこ》たちがいて、さまざまな物語を各地に伝えたのでしょう。

小町の零落伝説は、彼女が絶世の美人だという伝説とともに、日本人に愛されてきました。今ではミス何々といいますが、戦前は大変な美人のことを「何々小町」と呼びました。でも、現代では「何々小町」といっても、若い人はイメージがわきません。これは大変残念なことです。「小町」という言葉から、「とても美しかったが、生涯は幸福ではなかった」というイメージがすぐに湧《わ》くというのは、民族の共通の遺産です。フェミニストの人に言わせると、「美人は男を振り回して、大変な目に遭わせるのだから、最後は不幸になってほしいという男たちの暗黙の希望である」というのですが、それはどうでしょうか。美人でも、子や孫に囲まれて幸せな一生を送る人も多いですよね。

最後は恋のベテラン、和泉式部です。紫式部が『紫式部日記』で書いています。〈口にいと歌の詠《よ》まるるなめりとぞ、見えたるすぢに侍《はべ》るかし「和泉式部の歌というのは、勝手に口から出るようだけど、眼にとまるところが必ずある」〉そう書いていても、皮肉もいうのが、女流作家の癖ですね。〈ものおぼえ、うたのことわり、まことの歌よみざまにこそ侍らざめれ「でもあの人は本式の勉強はしていない」〉

そういう紫式部が、口をきわめて褒めるのが赤染衛門《あかぞめえもん》です。「百人一首」には、次の歌がとられています。

やすらはで寝なましものをさ夜ふけてかたぶくまでの月を見しかな

「あなたが来るというから、ずっと待っていたのに。こんなことなら、さっさと寝ればよかった。月が傾くまでになってしまったわ」

来るはずだった恋人が来なかった妹のために赤染衛門が代弁した歌です。来なかったことに、腹を立てるのではなく、柔らかく恨みを述べています。かえってそういうほうが、男性は気持ちがとがめますよね。こういう柔らかい歌も詠める人ですけれど、遺《のこ》されている歌は、ほとんど行儀のよい歌です。

それに対して、和泉式部の歌は、まさに自由奔放、自分の心からの歌いぶりです。王朝時代の和歌には、いろいろと決まり事があるのですが、和泉式部の歌は時として、そういう決まり事を超越しています。現代の私たちから見ても、和泉式部の歌はすごいと思ってしまいます。

和泉式部は大江雅致《まさむね》の子供です。十世紀の終わりから十一世紀の初めにかけての人です。紫式部や赤染衛門とほぼ同世代にあたり、リアルタイムで紫式部の『源氏物語』を読んでいたはずです。

和泉式部の父・大江雅致は、昌子《しょうし》内親王に仕えていました。昌子内親王は朱雀《すざく》天皇の皇女で、冷泉《れいぜい》天皇の后になっています。和泉式部の母は、昌子内親王、もしくはその周辺に仕えている女房だったといわれます。和泉式部も幼い時から昌子内親王のもとに出入りしていたのでしょう。

そのうち、和泉式部は橘道貞という官吏と結婚します。道貞は和泉守となります。

そこから和泉式部と呼ばれるようになったのです。ふたりのあいだには、女の子が生まれます。才走った少女・小式部内侍《こしきぶのないし》です。しかし和泉式部と道貞のあいだはあまり良好ではありませんでした。ところが、彼女には思いもかけない運命が待っていたのです。

冷泉帝の皇子である為尊親王《ためたかしんのう》が、和泉式部を見初めたのです。若い頃から和泉式部は、歌がうまいと評判になっていました。和歌に才能があるというのは、王朝の昔では、男たちの関心をかなり惹《ひ》いたようです。現代風に言うと、フェロモンを発散するような女の人だったのでしょう。為尊親王と和泉式部はただちに恋愛関係におちました。

狭い宮廷世界ですから、すぐさま大スキャンダルとなりました。夫の橘道貞は和泉式部と離婚してしまいます。お父さんの雅致もやむをえず式部を勘当することにします。

ところがしばらくすると、為尊親王は亡《な》くなってしまいます。和泉式部は、夢よりもはかない世の中を嘆き悲しみながら日々を送っていました。

それから一年近くが経《た》ちました。庭を眺めていると、亡くなった為尊親王に仕えていた小舎人《こどねり》が顔を見せます。いまは為尊親王の弟宮である敦道《あつみち》親王に仕えているとのことです。親王様から託されてきたといって、一枝の橘《たちばな》の枝を捧《ささ》げました。伝言や手紙がなくても、和泉式部にはピンときます。「五月待つ花橘の香をかげば昔の人の袖《そで》の香ぞする」という当時の有名な歌を踏まえたもので、さぞかし昔の人を思い出しているのでしょうねという、敦道親王のメッセージなのです。

和泉式部は返歌を認めます。

〈かほる香によそふるよりはほととぎす聞かばやおなじ声やしたると「同じ音にほとぎすは鳴くのかしら」〉

親王様からすぐ返しが来ます。〈おなじ枝に鳴きつつをりしほととぎす声はかはらぬものと知らずや「ほととぎすは同じです、鳴いていますよ。あなたのお心をちょっとでもお慰めできるかと思って」〉。

敦道親王も和泉式部に関心があったのです。いつしか二人のあいだで恋が始まります。和泉式部は二十六、七歳、敦道親王は三歳ほど年下です。敦道親王の迎えの車に乗り、さまざまなところに出かけます。そして、帰りは送り届けてくれる、そういう逢瀬《おうせ》を重ねていました。

ある夜のこと、いつもと同じように身一つで出かけようとすると、召し使っている人を連れて行くよう命じます。不審に思っているうちに、着いたのは敦道親王の屋敷でした。通されたのは、北の方もいる北の対の一部屋です。北の方の周囲は大騒ぎになります。北の方が親王に問い詰めても、敦道親王はしれっとしています。

「髪を梳《くしけず》ってもらったり、身の回りの世話をしてもらおうと思ってね。あなたも用があれば使いなさい」

北の方の姉は東宮の后だったのですが、彼女から実家に帰るよう説得され、北の方は敦道親王のもとを去っていきます。この噂がまたもや都じゅうに広がり、和泉式部は非難の的になります。しかし和泉式部は大胆不敵です。敦道親王と二人で派手な姿をして、葵《あおい》祭を見物したりします。

しかし四、五年後、激しい恋に人生をすり減らしたかのように、敦道親王も亡くなります。まだ二十七歳の若さでした。和泉式部は何もかも失ってしまいました。

和泉式部が親王を失った時の歌は、とても素敵です。心の中の思いがなめらかに、しかも人の心を打つ激しさで歌われています。そういうところに紫式部も潔《いさぎよ》く兜《かぶと》を脱いだのでしょう。

菅《すが》の根のながき春日《はるひ》もあるものをみじかかりける君ぞ悲しき

「春の一日は長いというのに、あまりにも短いあなたの命がいとおしい」

毎日毎日、宮様のことを考えても尽きることがありません。青春は失われてしまったと和泉式部は感じます。

捨てはてんと思ふさへこそ悲しけれ君に馴れにし我が身と思へば

「あの方の思い出が自分の体にも心にも残っている。とても捨ててしまうことはできないわ」

出家しようと思っても、どうしても出家することができません。それにしても、ずいぶん官能的な歌ですね。

黒髪の乱れも知らずうち臥《ふ》せばまづかきやりし人ぞ恋しき

「私が黒髪を乱してうつ伏して泣いている時に、あの人は髪をかき上げて下すった。その手触りをまだ忘れられないわ」

きれいで優しい趣が感じられる歌です。

白露も夢もこの世もまぼろしもたとへていへばひさしかりけり

「白露、夢、この世、まぼろし、みんな短いと言うけれども、あの人と逢っている時間にくらべればずっと長いわ」

〈白露も夢もこの世もまぼろしも〉というのは、どれも短いものの例えにされるものです。「つゆばかりあひ見そめたる男のもとにつかはしける」という詞がありますけれど、敦道親王との愛を詠っているのでしょうか。

悲嘆の日々を送っていた和泉式部は、道長の娘である中宮彰子に仕えることになりました。一条天皇に入内《じゆだい》した中宮彰子のもとには、たくさんの才能のある人々が集められていて、赤染衛門や紫式部や伊勢大輔《いせのたいふ》は和泉式部の先輩にあたります。

平安文学研究者の清水好子さんの説によると、『和泉式部日記』というのは、藤原道長が和泉式部に書かせたのではないかというのです。紫式部に『源氏物語』を書かせる一方で、和泉式部に自身の大スキャンダルを歌物語風に書かせたというのです。

『和泉式部日記』は確かに物語性が豊かで、挿入された和歌によって快いリズムがうまれています。ひょっとしたら、和泉式部は秘密を他人に打ち明けたくて、自らすすんで筆をとったのかもしれません。

いくつもの恋愛、そして別れを重ねてきた和泉式部は、歳《とし》をとってもなお瑞々《みずみず》しく美しかったのではないかと思います。まさにオールドレディーの手本です。というのは、今度は二十近くも歳の違う藤原保昌と再婚するのです。藤原保昌は五十数歳、和泉式部は四十歳近くです。保昌は道長の家司《けいし》をつとめていました。道長の腹心で、財産もあります。武勇にも優れていて、道長四天王の一人でした。保昌は丹後守に任ぜられ、丹後国へ下ることになります。母の和泉式部から歌合《うたあわせ》のための歌が届いたかと訊《き》かれた小式部内侍が、「大江山いく野の道の遠ければまだふみもみず天の橋立」と歌で応酬したのは、その頃のことです。

しかし、みたび悲劇が訪れます。小式部内侍が出産のときに亡くなるのです。わずか二十六歳でした。歌才に恵まれた可愛《かわい》い娘。式部は、親王たちに死に別れた時とは別の悲しみに打たれます。

留《とど》め置きて誰《たれ》をあはれと思ひけん子はまさるらん子はまさりけり

「死んでいく時、この世に残す誰を愛《いと》しいと思ったろう。きっと子供だろう。私だって、親に死なれるより、この子に死なれたほうがつらいもの」

一時、保昌に忘れられている時がありました。和泉式部は貴船神社にお参りします。夜が迫ってきて、鬱蒼《うっそう》たる木々の茂みの中、御手洗《みたらし》川から蛍の火が舞い立ちます。

もの思へば沢のほたるもわが身よりあくがれ出づるたまかとぞ見る

「あの蛍は私の体から憧《あこが》れ出た魂かしら？」

蛍というのは人間の魂だという感覚が、昔から日本人にはあるのです。特攻隊の隊員が最後の夜、「死んだら、蛍になって帰ってきますよ」というと、次の日の夜、蛍が実際に飛んできたそうです。

『沙石集《しゃせきしゅう》』に載っているエピソードでは、保昌が心変わりしたので、保昌の気持ちを取り戻したいと、貴船神社で巫女《みこ》に敬愛の祭りを行なわせます。それは着物の裾《すそ》をめくって、そこを叩《たた》きながら踊るという猥雑《わいざつ》なものでした、巫女は和泉式部にも同じことをするよう命じます。和泉式部はさすがにそれはできませんでした。それを和泉式部の後をつけてきた保昌が見ていました。保昌は和泉式部のきれいなプライドに打たれ、元のように仲むつまじくなったそうです。保昌とは彼が亡くなるまで添い遂げました。

定家が「百人一首」に入れた歌は、病気の重い式部が死を覚悟して詠んだものです。相手が誰かは不明です。

あらざらむこの世のほかの思ひ出にいまひとたびの逢ふこともがな

「私はもう長くないかもしれない。この世の思い出に、もう一度だけあなたに会いたいわ」

きれいな正調ですが、自分の気持ちはほとばしるように強く出ています。まさに天性の歌人としかいいようがありません。

和泉式部の晩年はよくわかっていません。そこから、小野小町と同じように、あちこち旅して、最後はその地で寂しく死んだという伝説がたくさん生まれました。和泉式部の墓といわれるものは全国いろんなところにあります。実際の和泉式部がどういう人だったかはわかりませんが、「歌のこととどまれるかな」——貫之が『古今和歌集』仮名序で予言したように、彼女の歌は現代にいたるまでとどまりました。

古典の尊ぶべき和歌を知っているのと知らないのとでは、人生でそんなに差はないかもしれません。でも、何かの拍子に、自分の感覚や思考に影響を及ぼしてくれます。和泉式部はあんなふうに生きた、小野小町はこうだったというイメージを持つことが大事なのです。現代の若い人たちは、なかなか古典のイメージがわかないかもしれませんが、私は少しでもいいから、そういうものを若い人たちに手渡せればと願っています。

彼は今日も来てくれない

蜻蛉日記

『蜻蛉《かげろう》日記』は王朝時代の散文文学の先鞭《せんべん》をつけた長大な物語です。作者は藤原道《みち》綱母《つなのはは》。当時の女性の名前は通常伝えられません。誰々の母、あるいは誰々の女《むすめ》と呼ばれます。道綱母が中年になった頃に、清少納言《せいしょうなごん》や紫式部が生まれていて、彼女たちより先輩にあたります。

『蜻蛉日記』の初めに作者は宣言します。

「いまどきの物語は、うそっぱちばっかりで、面白おかしく書いているだけ。でも私は、身分の高い男の妻になって、どんな目に遭ってきたか。その人生を飾りけなく書いてみます」

道綱母は真実を描こうとしたのです。現代でいうと、純文学を志したのでしょうが、『蜻蛉日記』の初めのほうは、まだ手記の段階に留まっています。手記というと、「婦人公論」などの雑誌に載っている記事を思い浮かべますよね。『蜻蛉日記』の上巻は、さながら「横暴な夫に耐えて二十年の風雪」というタイトルの手記のようです。

ところが、蜻蛉——この物語の主人公の名前はわかりません。『蜻蛉日記』を講義するときは、主人公を「蜻蛉」という名前にすることが多いので、私もそれに倣《なら》います——は長いあいだ夫との確執に悩んでいるうちに、人生を深く洞察するようになります。

手記なら手記として、それでもかまわないのですが、問題を深く突き詰めていくと、自分自身に向かい合わざるをえなくなります。それを通じて人生の真実に到達する、ひとつの例を道綱母は示してくれました。手記だったものが文学にまで昇華したのです。

蜻蛉は藤原倫寧《ともやす》という中流貴族の娘です。本朝三美人の一人ともいわれ、若い時から歌才で知られていました。印刷のない時代に、どうして歌が上手だという評判が立つのかというと、歌合《うたあわせ》という催しがあり、出席しないまでも歌を提出します。あるいは手紙のやり取りをします。そういった歌が、口コミで伝わるわけです。美人で歌才があるので、蜻蛉には結婚の申し込みが殺到します。

そんななか、大変な御曹子《おんぞうし》が、彼女に求婚してきました。当代第一の権力者である藤原師輔《もろすけ》の三男・藤原兼家《かねいえ》です。二十六歳、右兵衛佐《うひょうえのすけ》をつとめています。

内裏のすぐそばの門の内部を守るのが近衛府です。近衛府の外側の、宮城の門を守るのが衛門府、さらに外側の、宮城一帯を守るのが兵衛府です。近衛府、衛門府、兵衛府は、それぞれ左右に分かれるので、六衛府といいます。近衛府には大将、中将、少将という位階があります。後世の陸軍大将や海軍大将とは違い、大将は「たいしょう」ではなく、「だいしょう」と濁ります。衛門府、兵衛府には、督《かみ》、佐《すけ》、尉《じょう》、志《さかん》、という四つの位階があります。兼家は兵衛佐ですから、兵衛府の二等官です。

これはのちのことになりますが、父・師輔が亡くなったあと、権力を握った長兄の伊尹《これただ》は四十数歳で若死にしてしまいます。次男の兼通は人柄がかどかどしくて、打ち解けない性格だったせいか、弟の兼家よりも昇進が遅れていました。伊尹が死んだあと、兼通と兼家のあいだに関白をめぐる争いが生じます。兼家のほうが地位が上なので、次の関白と目されていました。ところが、兼通は密《ひそ》かに巧妙な策を練っていました。自分の妹であり、円融《えんゆう》天皇の母である安子《あんし》の在世中に、「関白は兄弟の順になさいませ、くれぐれも違えないように」という一札を書かせておいたのです。それをお守りのように首にかけ、いつも身に携えていました。伊尹が死んだ時に、兼通はそれを持って、円融天皇のもとを訪れます。孝養の心厚い円融天皇は母の遺言を違えることはできず、兼通は関白を継ぐことになりました。その後、兼通は兼家の昇進をストップさせ、天皇に兼家が娘を入内《じゅだい》させようとするのを妨害したりします。兼家は不平満々でした。

しばらくすると、兼通は重病になり、もう今日か明日かという危篤《きとく》状態になります。そのとき、兼家が兼通の屋敷にやって来るというので、「長年不仲だったけれども、最期《さいご》だと聞いて見舞いに来てくれたのか、さすがに兄弟だ」と、あたりを片付けさせていたところ、兼家の車はそのまま門の前を素通りして宮中へ入っていきます。それを聞いて怒った兼通は、周りが懸命にとめるのにもかかわらず、気息奄々《えんえん》の状態で宮中へ参ります。すると、兼通がすでに死んだものと思った兼家が、天皇に関白の地位をお願いするところでした。驚いた兼家は、別の部屋に逃げていきます。

「最後の除目《じもく》をするため参りました」

兼通はただちに関白をいとこの頼忠に譲って、兼家の位を降格させました。その後ほどなく、兼通は亡くなります。

兼通の死後、兼家は地位を回復し、円融天皇のもとに娘・詮子《せんし》を入内させ、のちの一条天皇が生まれます。円融天皇から花山天皇に譲位されると、陰謀により花山天皇を出家させ、自分の孫にあたる一条天皇を即位させます。一条天皇の時代に、摂政《せっしょう》・

関白にまで昇りつめました。兼家の生涯は数多くの策略に満ちていて、かなり悪らつなこともするのですが、それだけに太っ腹で、愛すべきところもある男なのです。

若き兼家の蜻蛉への求婚の仕方は、実に大ざっぱなものでした。馬に乗った使いが門をドンドンと叩《たた》きます。兼家からの手紙は、ぞんざいな紙のうえ、素晴らしいと聞き及んでいた手跡もひどいものでした。可愛《かわい》い女童《めのわらわ》が気の利《き》いた手紙を美しい花の枝に添えてと、ロマンチックなことを考えていたのに、蜻蛉はがっかりしてしまいます。蜻蛉の父は、家柄が違い過ぎると反対しました。蜻蛉の家も同じく藤原家ですが、一方はどんどん勢力を握っていく藤原北家、こちらは中流の貴族になった傍流ですから。しかし、兼家はそんなことは気にもせず、それからも次々に手紙を届けてきます。縁のものなのでしょうか、二人は結婚することになりました。

二人が結婚してまもなく、蜻蛉の父が陸奥守《むつのかみ》として赴任することになります。陸奥は京都から遠く、当時の感覚だと、まさに夷《えびす》の地です。頼りにする父が遠いところに離れていくのを蜻蛉は嘆きます。父も娘を置いていくのはとても気がかりなので、婿《むこ》の兼家にあてて歌を詠《よ》みます。

君をのみたのむたびなるこころには行末《ゆくすゑ》とほくおもほゆるかな
「あなただけが頼りです。娘のことをどうぞよろしくお願いします。私は遠い旅に出かけていきますけれど」
真実味あふれる親心です。兼家の返歌も真情に満ちています。
我をのみたのむといへば行末《ゆくすゑ》の松のちぎりも来《き》てこそは見め
「あなたをおいて、浮気心を持つようなら、海辺に生えている松を波が越えるだろう。でもそんなことはありえない。そのように私の心は変わりませんよ」
「君をおきてあだし心をわがもたば末のまつ山浪もこえなん」という有名な歌を踏まえて、「私を信頼してください、お嬢さんを守ります」と力強く返しました。
翌年の八月、二人のあいだに子供が生まれます。一人息子の道綱です。この時の兼家の心遣いはねんごろなものでした。兼家は、いざという時には頼りになる男なのです。後に母が死んだ時にも至れり尽くせりの力添えをしてくれます。ところが、蜻蛉は不思議なことに、兼家を褒めるようなことはあまり書き記しません。逆に、気に食わないことや腹の立ったことには、何枚も費やすのです。これは女の物書きと男の物書きの相違かもしれません。

結婚した当初はしげしげと通ってきた兼家には、ほかにも妻がいました。一夫多妻の時代ですから、ごく普通のことです。兼家も、時姫という女とのあいだにたくさん子供をもうけています。男の子が三人、女の子が二人です。兼家が時姫のところによく行くところを見ると、居心地のいい家だったのかもしれません。時姫も「時姫日記」というのを書いていたら、双方照らし合わせると、さぞ面白かったでしょう。

九月になって、兼家が出て行ったあと、文箱が置いてあったので、なんとなく開けてみると、兼家というのは本当に大ざっぱな男ですね、よその女にあてた恋文が出てきました。さあ、蜻蛉はおさまりません。手紙を見たということだけでも知らせてやろうと、兼家に歌を送ります。

うたがはしほかにわたせる文《ふみ》みればここやとだえにならんとすらん

「もうここへはおいでにならないつもりね」

「うたがはし」の「はし」と「橋」、「文」と「踏み」が掛詞《かけことば》になっています。蜻蛉の予想したとおり、十月の末頃、三夜続けて来ないときがありました。そのくせ、兼家は知らぬ顔で、ちょっと試したのだと言いわけするのです。

ある夕方、今日は宮中で外せない用事があると言って、兼家が慌《あわ》ただしく出て行きます。蜻蛉は女の直感で、なんだか怪しいと思います。後をつけさせると、町の小路のどこそこというところに車を停めた、と知らせてきます。

やはりほかに女がいたと知った蜻蛉は、二、三日後、兼家が訪ねてきたとき、門を開けさせませんでした。すると、兼家は町の小路の女の家とおぼしきところに行ってしまいました。

翌朝、蜻蛉が兼家に贈った歌は、「百人一首」にも採られた有名な歌です。

なげきつつひとり寝《ぬ》る夜《よ》のあくるまはいかに久しきものとかはしる

「来るか来るかと思って待っていたのに、とうとう来なかった。嘆きながら一人寝ている間の夜の明けるまではどんなに長いものか、あなたは知らないの」

これに対する兼家の返歌です。

げにやげに冬の夜ならぬ真木《まき》の戸もおそくあくるはわびしかりけり

「わかっているよ。冬の夜でなくても、槙の戸をなかなかあけてくれないのは辛《つら》いものだよ」

しばらく兼家の訪れがないと蜻蛉は疑心暗鬼になります。今日も来てくれなかった。明くる日も来てくれない。しかも、何々があって忙しいとか、方角が悪いとか、言い訳が多いのです。たまに来ても、すぐに帰ってしまいます。その時決まって言うのが、「またすぐ来るよ」という言葉でした。片言を話すようになった道綱は、それを聞き覚えて、口まねをしたそうです。

そういうことがたび重なると、普通の女ならあきらめるでしょうが、真面目《まじめ》が着物を着ているような蜻蛉はそうは思いません。恨みごとをくどくど述べる手紙を遣わします。愛の深い証拠なのでしょうが、それだと男としては居心地が悪くて、少々来づらいですね。「だんな様もただいまお忙しい時ですから」と、とりなす女房がいるかと思うと、「いまはもうどこそこの女に入りびたりだそうです」と、別の女房が告げ口をします。

こういうことに対し、きちんと分別するのが大人の女なのですが、蜻蛉は兼家に不満を言ってばかりで、まだ大人になりきっていないのです。

彼女と対照的なのは、『源氏物語』の紫の上です。紫式部は紫の上を理想の女として描いたのではないでしょうか。源氏の晩年ですが、女三宮が源氏のもとに輿入《こしい》れしてきます。紫の上のまわりの女房たちのかしましいことといったらありません。

「六条の院には大勢いるけれど、みんな紫の上様には遠慮していたからこそ、穏やかに過ごせてきたのに。女三宮様の押し立てるようなやり方に負けたままではいられますまい。些細《ささい》なことでも、おだやかでないことがおきたら、きっと面倒なことがでてくるでしょう」

それに対して、紫の上はこんなことを言います。

「そうじゃない。大勢女性がいるけれど、源氏の君にふさわしい、高い身分の方はいない。准《じゅん》太政天皇という尊い身分になられたのだから、尊い姫宮が来られるのは屋敷としても名誉なことだわ」

紫の上は大人の分別をしっかり持っています。女房たちの言葉にも、場合によっては、そうではないと言える人です。紫の上は現実にはありえない理想の女性かもしれませんが、紫式部は『蜻蛉日記』をかなり読みこんでいて、これでは男の人をつなぎとめることはできないと批判的だったのではないでしょうか。

さて、町の小路の女に子が産まれることになりました。よい方角へ連れていこうとして、兼家と女は車で出かけるのですが、なんと蜻蛉の家の屋敷の前を、ガラガラと音をさせて通っていきます。他に道はいくらでもあるだろうにと、女房たちは嘆きます。蜻蛉はいっそ死んでしまいたいと考えますが、そうもいきません。これからは兼家にもう来ないでほしいと願います。そんな気持ちでいるのに、三、四日すると、兼家から手紙が届きます。「昨日無事生まれたようだ。お産の穢《けが》れなので、そちらに行くのははばかられてね」とあきれ果てるようなことが書かれていました。

ところが、兼家の町の小路の女への愛は、出産してからは、すっかり冷めてしまいます。そのうえ、産まれた子も死んでしまいます。

蜻蛉は辛辣《しんらつ》です。

〈今ぞ胸はあきたる「いやあ胸がすっとしたわ」〉

蜻蛉には自省するゆとりがありません。こういうあからさまなところが、まだ手記の域を出ていないという所以《ゆえん》です。

そのうちに蜻蛉の母が亡《な》くなります。母は、病に臥《ふ》してから常々、蜻蛉の行く末を心配していました。蜻蛉は自分も死んだようになってしまいます。でもそういう時には、兼家という男はとても優しいのです。蜻蛉も大変感謝します。というのは経済的な事情もあるのです。当時、葬儀には莫大《ばくだい》な費用がかかったようです。そのあとの法事も含め、兼家は万全のことをしてくれたはずです。蜻蛉の家だけでは賄《まかな》い切れなかったかもしれません。

葬儀を終え山寺でぼんやり暮らしていた蜻蛉は、「みみらくの島」という不思議な言葉を耳にします。「みみらくの島」では、死者の姿がはっきり見えるというのです。しかも、そこへ行こうとすると見えなくなるけれど、遠くからだと見えるという島だそうです。なんとかして「みみらくの島」へ行って母に会いたい。蜻蛉は切にそう思います。

母はこの世を去り、父とも遠く離れている蜻蛉。しばらくの間は、兼家も一生懸命に通ってくれましたが、そのうちにまた足が途絶えてしまいます。たまに来れば来たで、蜻蛉は何日間も足が途絶えていたことを責めます。でも責めて翻意するような男性はいません。責めるとよけい頑《かたく》なになってしまうものです。「うれしいわ、何日振りね」なんて、皮肉をきかせてくれればいいのですが、蜻蛉にはできません。コケットリーが皆目ないわけです。現代の女性の爪《つめ》の垢《あか》でも煎《せん》じてあげたいですね。

蜻蛉が頼りとするのは、わが子・道綱です。道綱に兼家のところに手紙を持って行かせたり、様子を聞いてこさせたりします。道綱は母の愚痴もさぞ聞かされたことでしょう。幼い時からそんなふうに育てられたら、男らしい覇気がなくなるのではないでしょうか。道綱は、一文不通の人、つまり何も知らない人といわれました。きちんとした教育は受けているはずですから、官吏的才能に欠けていたということでしょうか。とにかく気が弱くて、純粋な青年です。母のことを一生懸命考えています。でも結果的に、道綱はいい結婚相手にめぐまれ、幸福になりました。異母弟である道長の世話により、道長の妻の妹と結婚します。源頼光《よりみつ》という財力も声望もある侍の女婿にもなり、安楽な生涯を過ごしました。

兼家が蜻蛉の家へ来ているときに、兼家の体の具合がひどく悪くなったことがあります。蜻蛉の家では何かと不便なので、兼家の本宅に帰ることになります。命が残り少ないのではないかと気弱になった兼家は、泣いている蜻蛉に本音を漏らします。「そんなに泣くと、私も苦しいよ。思いがけず、こういう別れをするとはね。もしおれが死んでも、一周忌までは再婚はしないでおくれ」。まわりの女房たちにも、「私がどんなにこの人を好きだったかわかるかね」と言います。蜻蛉はなによりその言葉がうれしかったことでしょう。

人の助けを借りて、兼家はなんとか車に乗りこみます。車に乗ってからも、じっと蜻蛉を見つめています。蜻蛉のせつなさは言うまでもありません。その後も、蜻蛉は心配のあまり、一日に、二度も三度も手紙を送ります。

読経《どきよう》や修法のおかげで少しはよくなったらしいという噂《うわさ》が聞こえてきます。兼家からの手紙も届きます。うれしいことに、こちらへ見舞いに来てくれ、と書いてあります。そういう手紙が繰り返し何度も来るので、蜻蛉も決心して、迎えの車で出かけていきます。月のない真っ暗な夜でした。屋敷に着いても、あまりに暗いので、蜻蛉がきょろきょろしていると、兼家が現れ、蜻蛉の手をとって導いてくれます。近況を語ってから、兼家は屏風《びょうぶ》の後ろに小さな火を灯《とも》させました。現代の夫婦や恋人たちですと、灯の明かりを強くしてつくづくと顔を見てとなりますが、ほんのかすかな光というのが王朝の美学です。

「今までは、精進料理ばかりだった。今夜あなたがいらしたら、一緒に食べようと思って、魚を食べないでいた」

なんて優しい言葉でしょう。どんな女もほろっとしてしまいます。こういうのを男の可愛《かわい》げというのですね。

夜が明けて蜻蛉が帰ろうとしても、兼家はなかなか帰しません。そうこうするうちに、すっかり明るくなってしまいました。「ご飯も一緒に食べればいいじゃないか」などと、兼家が引き留めているうちに、とうとう昼になってしまいました。

「とんでもありませんわ。時姫様がどうお思いになるでしょう」

兼家はまだ蜻蛉を放しかねて、「一緒に帰ろう」と言いだします。

「まあ、それこそ大変なこと。まるで私があなたを誘い出しに来たように時姫様に思われるじゃありませんか」

無邪気な人なら、一緒に帰るところでしょうが、蜻蛉の教養がそれを許しません。

「いつ頃でしょうか。おいでになるのは」

「明日か明後日には行くよ」

そう言って別れました。本当に後ろ髪を引かれる思いで、蜻蛉は何度も振り返りながら帰って行きました。

帰るとすぐに兼家から心のこめられた手紙が来ます。

「もう最後かと思ったこの前の別れの時より、昨夜の別れのほうがつらかった」

蜻蛉はなおも心配でたまりません。

「私も帰路ずっとつらくてなりませんでした」

二、三日して、本当に兼家は来てくれました。間を置かず兼家は来てくれて、しばらくのあいだ、二人は蜜月《みつげつ》が続きました。

そのころから、蜻蛉の気持ちに少しずつ変化が生じます。仏道にしだいに惹《ひ》かれていくのです。あるとき、年来の念願だった初瀬《はせ》の長谷寺にお参りすることにします。

「私は初瀬にお参りします。私が何をしようとお心におかけにならないでしょうけれど」。本文に描かれてはいませんが、おそらくこのような手紙を兼家に出したのです。頭のいい女性は困ったものです。相手がちくっとくる嫌味をよく知っているのです。

兼家から返事が来ます。

「それなら一緒に行こう。ただし来月大嘗会《だいじょうえ》の御祓《はら》えがあるので、それが済んでから」

大嘗会の御祓は、大嘗会に先立って、天皇が賀茂川で身を清める儀式です。このときは兼家の娘が天皇に奉仕する役を賜っていたので、兼家は欠席するわけにはいきません。ところが、それは私には関係ないと、蜻蛉は初瀬詣《もう》でを強行します。

また『源氏物語』の話ですが、紫の上がいよいよ最期《さいご》近くになって、「世を捨て、出家したいので、お許しください」と願っても、源氏は絶対に許しません。紫の上は優しい性格ですから、源氏の反対を押し切ってまで尼にはなりません。ところが、蜻蛉は反対を押し切るタイプです。兼家が反対すればするほど、それを無視して行動してしまいます。

都の外へ出たことのない女性にとって、この旅はとても新鮮です。さすがの蜻蛉も、兼家とのいさかいをしばし忘れて、旅の面白さに浸ります。朝暗いうちに発《た》って、昼ごろ宇治に着きます。むやみに外へ出られないので、車の簾《すだれ》を巻き上げて、川の景色を眺めながら、破子《わりご》というヒノキの箱に入れたお弁当を食べます。きっと楽しかったでしょうね。車を船に載せて進み、その夜は春日の北にあたる橋寺で一晩泊まります。翌々日は椿市《つばいち》というところに泊まります。初瀬の観音様にお参りする準備をするために泊まる有名なところです。初瀬の長谷寺の観音は霊験《れいげん》があらたかで、清水寺、石山寺と並んで、大変尊崇されていました。

帰りは兼家のお声がかりがあったとみえて、どこの宿でも大事にしてくれました。四日目の朝、まだ暗いうちに出発すると、兼家の使いがやってきます。なんと兼家自身が宇治の別荘まで迎えにきてくれました。宇治川に着くと、蜻蛉の乗った車をそのまま船に乗せて、川を渡ります。兼家だけでなく、道綱の腹違いの兄の道隆《みちたか》もいます。精進落としの料理を食べたりして、楽しいひとときでした。近くに兼家の叔父の屋敷がありました。叔父の大納言《だいなごん》がたまたま来ているというので、挨拶《あいさつ》に行かなければと言っているうちに、叔父から紅葉の枝につけた雉《きじ》や氷魚《ひうお》が届けられます。氷魚というのは、鮎《あゆ》の稚魚です。添えられていた手紙には、「こちらへお呼びしたいけれども、今日はいい獲物がなくて」とあります。つづけて鯉《こい》や鱸《すずき》も届きます。

兼家は酒の強い人たちをよりすぐり、叔父の屋敷へ向かいます。すっかり遅くなってから、酔っぱらって高歌放吟しながら、兼家は楽しそうに帰ってきます。迎えに来てくれた兼家、男同士の宴会も楽しむ兼家。兼家の男らしさがよく感じられる場面で、この旅は悪くなかったという調子で蜻蛉は書いています。

大嘗会の御祓の日はもう間近です。いろいろ準備してくれた人々に、兼家は御礼をしなければなりません。その頃、御礼の品といえば着物ですから、着物を裁ったり、縫ったり、大仕事です。兼家に裁縫を頼まれると、この時ばかりは蜻蛉も心安く応じます。もしかしたら、兼家はそのために迎えに行ったのかもしれませんね。

息子の道綱はいろんな晴れの行事で役を務めるようになります。宮中の賭弓《のりゆみ》が催されたとき、負けると思われていた後手組が、道綱の矢により引き分けになったことがありました。競技のあと、道綱は見事に舞を舞い、天皇様から褒美《ほうび》に着物をいただいたことがありました。面目を施した兼家も、感動のあまり、泣きながら事の次第を蜻蛉に語ります。蜻蛉にとって人生最高の喜びだったのではないでしょうか。

ところが、兼家の来訪は急に途絶えてしまいます。蜻蛉は死にたいと感じるのですが、まだ若くて、しっかりした妻もない道綱のことを思うと、そういうわけにもいきません。ある時、蜻蛉が道綱にこう言います。

「もう私は尼さんになってしまうわ」

「お母さんが尼になるのなら、僕も僧になります」

道綱は男の子らしく鷹狩《たかが》りが好きで、鷹を飼って、可愛がっていました。「お坊さんになったら、鷹が飼えないわよ」蜻蛉が言うと、道綱は立ち上がって、慈《いつく》しんでいた鷹を放します。それを見て、蜻蛉も女房たちも泣いてしまいます。

それにしても急に足が遠のいたのはおかしいと思っていると、事情を知った女房が、最近、近江という女に夢中だそうだと、教えてくれました。

しばらくすると兼家はまたときどき通ってきたのですが、年が明けた正月の一日、兼家の車は蜻蛉の家を素通りします。翌日、「昨日は日が暮れてしまったから」という言い訳の手紙が来ます。しかし、世間の噂では、どうやら近江と結婚したようなのです。四日も兼家が蜻蛉の家の方に向かって来るのですが、またもや素通りでした。そののちも、近江のところにしばしば通っているという噂が聞こえてきます。蜻蛉にとってはつらい日々が続きます。

とうとう蜻蛉は山寺に籠《こ》もってしまいます。あわてて兼家が迎えに来たのですが、蜻蛉は帰りません。昼のあいだはずっと勤行《ごんぎょう》をし、夜は本尊の仏を拝むという日々を送っているうちに、月のさわりになってしまいました。そうなったら帰るつもりでいたのですが、都で出家したという噂が流れていたら、きまりが悪いので、御堂から少し離れたところに下がります。五日たつと穢《けが》れはなくなったので、ふたたび御堂に上がります。こんなことの日にちまで書いてあるのですから、すごい日記です。妹や兼家の使いが来たり、兼家はじめ多くの人から手紙が来て、都に帰るよう促しますが、蜻蛉は受け入れません。あげくは蜻蛉の父まで来るのですが、それでも帰りません。思い乱れるなか、兼家が再度やってきて、強引に部屋のものをすべて片付けてしまいました。それでも知らぬ顔をしていたのですが、道綱が早く早くと泣きながら言うにいたって、蜻蛉はようやく下山することにしました。

　ある夜、兼家が急に訪ねてきたことがありました。何の知らせもないので、安心して寝ていたところ、ほとほとと戸をたたく音がします。蜻蛉が変だと思って、落ち着かないでいると、兼家が早く開けろといっているみたいです。侍女たちは寝姿なので、逃げてしまいます。

　仕方がないから蜻蛉が立っていって鍵《かぎ》を開けることにします。こういう時でも蜻蛉は、少し嫌味を言うのです。

「平生あけないから、鎖《さ》した鍵がなかなかあきません」

戸の向こうの兼家は一枚上手です。

「おれはこの家を指して来たのに」

「さす」という言葉を、「鎖す」と「指す」の意味に懸けて、上手く機知で応《こた》えました。

その晩、兼家は蜻蛉のところに泊まります。いつもは夜が明けるとそそくさと帰るのに、朝になると雨が降っていたので、ゆっくりとしています。しかし、しばらくすると、兼家は直衣《のうし》にしなやかな袿《うちぎ》、帯をゆったりと締めて、出てきます。侍女が、朝食を勧めますが、「いつも食べないのだから要らない」と機嫌良さそうに応えます。兼家が「太刀を早く」と命じると、道綱がひざまずいて捧《ささ》げます。それを腰につけながら、まわりを見まわし、庭の草を乱雑に焼いたようだな、と話します。庭が広いので、女所帯ではなかなか手が行き届きません。男がたびたび訪れて、たくさん人を使って手入れしないと、すぐに荒れてしまいます。兼家の言葉の裏には、しばらく来なかったかなという気持ちが含まれています。

そのさまを蜻蛉はじっと眺めていました。憎らしいほど立派な男振りでした。その時蜻蛉は三十代後半、兼家は四十四、五歳です。王朝の女は三十歳を過ぎるともう時が過ぎたといわれましたが、男は四十でも五十でも男盛りだったのですね。もっとも現代では様変わりして、私が思うには、女性も六十代、七十代こそ女盛りです。活気があって、若々しくて、人生に関する識見も持ち合わせているのですから、これこそ女盛りと言わずしてなんとしましょう。

また別のときにも、前触れもなく兼家が来たことがあります。その時の蜻蛉はこう思います。「わかった。ここから近い近江の家へ行ったけど、きっと何か差し障《さわ》りがあったんだわ」。

やがて兼家の足がいよいよ途絶えてしまいます。都に戻っていた父が心配して、自分の住む中川のあたりに蜻蛉を引き取ることにしました。中川というのは賀茂川の支流です。そこへ移るに際して、引っ越すことは兼家に伝えたのですが、物忌《ものい》みがあってとつれない返事でした。そのまま兼家との仲は幕を閉じました。そののちの記述は、道綱や養女の恋愛に移っていきます。

中川に川霧が立ちこめるのを眺めて詠んだ蜻蛉の歌は哀切極まりないものがあります。

ながれての床《とこ》とたのみて来《こ》しかども我中《わが》川はあせにけらしも

「あなたと私の間にいつまでも心の流れ合いがあると信じて生きてきましたが、私たちの仲はもう終わってしまったのね」

蜻蛉は孤独な人生観照の境地にまで達しました。『蜻蛉日記』は文学の域に昇華したのです。

日本のシンデレラ
落窪物語

『源氏物語』が純文学の巨人だとすると、日本のシンデレラ物語と言われる『落窪《おちくぼ》物語』は、『とりかへばや物語』と並んで、エンターテインメントの白眉《はくび》といっていいと思います。日本文学史の中でやや異質な作品です。

『落窪物語』や『とりかへばや物語』は、私が若いころに古典を学んだときには、授業などで教わるようなものではありませんでした。ところが、時代は変わり、今では岩波書店の新古典文学大系に収録されていますし、文庫でも読むことができます。

古典とはこういうもの、純文学とはこういうもの、という決めつけがなくなり、いろいろなものを楽しめばいいのではないか、という考え方がだんだん広まってきたのは、大変よいことです。エンターテインメントの中にも、人を慰めてくれたり、励ましてくれるものがたくさんあります。

『落窪物語』の作者は不明で、男性か女性かもわかりません。成立年代もはっきりしないのですが、十世紀の終わりぐらいではないかといわれています。というのは、『枕草子』に、〈交野《かたの》の少将もどきたる落窪の少将などはをかし〉と、この物語のことが言及されているからです。

『源氏物語』では、紫の上が育てている明石の姫に対し、継母の継子いじめという腹汚き物語は与えたくないと光源氏は考えます。グリム童話だけではなく、日本にも古い時代から継母の継子いじめの物語がありました。一種の成人への通過儀礼であり、それを経て一人前になっていく、そんな学問的解釈もありますが、そのような物語がなぜ好まれたのかというと、昔から同じような人間関係の苦悩があったからでしょう。

タイトルの「落窪」というのは、建物の端のほうに一間だけ他より低く落ちくぼんだところがあって、継子の姫君をそこに住まわせたところからです。継子ですけれども、その家の主人・源中納言《ちゅうなごん》の娘には違いありませんので、継母である北の方が、「君」をつけて、「落窪の君」と周りに呼ばせていたのです。

『源氏物語』と全く異なる点がいくつかあります。『落窪物語』には、あまりきれいではない言葉が時々出てきます。物を食べる場面もたくさんあります。食べ物自体も詳しく描かれます。そして、貴族ではなく、身分の低い者たちが大きな活躍をするのです。阿漕《あこき》とその夫である帯刀《たちはき》というカップルがヒロインに幸福をもたらすのです。

この物語が千年の間、『源氏物語』に負けず劣らず愛読されてきたのは、自分たちの代表として活躍する阿漕と帯刀に大衆が声援を送ったからかもしれません。

ただ後半はかなり冗長な上に、障害者を少し差別するようなところがあるので、そういうところは省略しながら、『落窪物語』の面白いエッセンスだけご紹介しましょう。

今は昔、源中納言には娘が五人ありました。一番上の大君《おおいぎみ》、それから中《なか》の君《きみ》、この二人はすでに、それぞれ婿《むこ》を通わせています。この時代の結婚は婿を通わせる妻問婚《つまどいこん》なので、女の子が何人もいたら実は大変です。三番目の三の君は最近、蔵人《くろうど》の少将という立派な婿を迎えたばかりです。さらに四の君にもいい婿を取らせたいと考えています。

源中納言には別の夫人とのあいだにできた娘が一人います。それが落窪の君です。母は皇室の血筋を引いている人でしたが、不幸なことにすでに亡《な》くなってしまい、ほかに世話をしてくれるような人や乳母もいません。母が生きていた頃から使っていた阿漕という少女だけが、姫君に同情して仕えていました。

落窪の君はほかの姫君に劣らず美しい娘に生い立ちました。とても器用で、着物を縫うのが上手です。ところが、いじわるな継母の北の方は、ただで有能なお針子を雇っているようなものだと考えています。

さて、落窪の君に仕える、阿漕は気立てがよくて頭がいい女の子でした。北の方は、新婚の三の君のお付きにしようとしますが、阿漕はそれが嫌なのです。

「親しい人が迎えにきたのに、そっちへ行かなかったのは、姫君にお仕えしたかったからです。他の人にはお仕えしたくありません」

落窪の君が、なだめて言います。

「そんなことをいってはだめ。三の君のところへお行き。私のそばにいても着る物もろくにないんだもの」

阿漕はやむをえず三の君付きの女房になるのですが、しょちゅう姫君のもとに入りこんでいるので、北の方にいつも叱《しか》られています。

そうこうするうちに、阿漕に新しい運命が開けます。三の君の婿である蔵人の少将に仕えている帯刀とめぐり合うのです。二人は結婚し、隔てなくいろんな会話を交わすうちに、阿漕は落窪の君という人が、北の方にひどい仕打ちを受けていること、でも心ばえもよく、美しいこと、皇族の血を引いていることなどを話します。誰か素晴らしい人がここから連れ出してくれたらいいのにと泣きながら訴えます。

実は帯刀の母親は右近の少将という人の乳母でした。帯刀と右近の少将は乳兄弟の間柄です。右近の少将は一流の家柄の貴公子で、父は左大将を務めています。あるとき帯刀が右近の少将に落窪の君のことを話すと、少将は関心を示し、姫のことを詳しく訊《たず》ねたうえ、秘《ひそ》かに逢わせてくれるよう頼みます。

帯刀がそのことを話すと、阿漕はわざとふくれっ面《つら》をして言います。

「あの少将様はあちこちに愛人がいるんじゃない？　そんな方に姫様を託したくない。一生に一人だけ、そういう希望を持っているの。そこのところを確かめてからお取り次ぎして」

帯刀も応《こた》えようがありません。

それでも、阿漕は右近の少将のことを落窪姫に申し上げるのですが、姫君は返事もしません。内心では、「このままここに居ても、結婚しても、どうせいいことはない。もう死んでしまいたい」と考えています。

右近の少将は帯刀に催促します。

「とにかく一度逢わせておくれ。可愛《かわい》い人だったら、嫁として迎えよう」

「可愛くなかったら、それきりなんですか？　そこのところをよくうかがってから、話を進めたいと思います」

「いや、逢わずに決めることはできない。逢う工夫をしておくれ」

右近の少将はとりあえず、帯刀に手紙を託すことにしました。帯刀から手紙を預かった阿漕は、手紙を落窪の君に渡します。実は、阿漕は少将のような人が姫君に求婚してくれれば、と内心では思っていたのです。

ところが、北の方の機嫌を損じることを怖《おそ》れて、落窪の君は手紙を見さえもしません。そこで、阿漕が手紙を見てみると、見事な筆跡で、こう認《したた》められていました。

〈君ありと聞くに心をつくばねの見《み》ねど恋しきなげきをぞする「噂《うわさ》をお聞きするだけで、まだお目にかかっておりませんが、お話をうかがってゆかしくお慕いしておりまず」〉

結局、落窪の君からは返事をもらうことはできませんでした。その後も右近の少将はいくたびも文を送るのですが、いっこうに返事はありません。

落窪の君は相変わらずせっせと縫い物をしていました。父の中納言が便所に行くついでに、ふとのぞくと、寒そうな白い袷《あわせ》一枚だけの落窪の君が縫い物をしています。

「可哀想《かわいそう》だけど、他の娘のことで忙しく、なかなかかまってあげられないのだよ。おまえはおまえで、いい縁談でもあれば、結婚すればいいから。それにしてもなんだね、その薄い着物は。風邪でも引いたら大変だ」

落窪の君は恥ずかしくて何も答えられません。

中納言は戻ると北の方に、落窪の君に女房の古着でも与えるよう言いつけます。中納言にそう言われたので、北の方は蔵人の少将の袴《はかま》を持って行き、いつもより上手に縫えたら、褒美《ほうび》をあげると言います。落窪は見事に縫い上げました。満足した北の方は、自分のお古のよれよれになった綿入れを与えます。そんなものでも落窪は喜びます。

蔵人の少将は、その袴を見て、きれいに縫えていると褒めました。すかさず、北の方が女房たちに言います。

「蔵人の少将様が褒めていたことをあの子に言うんじゃないよ。高慢になるからね。ああいう子は鼻っ柱をいつも折っておくと、人から可愛がられるものだから」

中納言が石山寺にお参りに行くことになりました。貴族の家にいる女性たちが寺社を参詣《さんけい》するのは、ピクニックや観光旅行のようなもので、このうえない楽しみです。一緒に行きたい者は誰でも同行していいというので、屋敷の女房たちは大喜びです。ところが、落窪の君だけは、その数に入れてもらえません。

そのうち落窪の君が長いため息をつきました。

「ああ、こんなに辛《つら》い人生。いっそ尼になってしまいたいわ。でも尼になっても、このお屋敷から出られないんだったら、もういっそ山の中の岩屋の中に隠れてしまいたいわ」

姫君のひとり言を聞いた右近の少将、どうしてこれが聞き逃せましょう。部屋の中へ入っていき、驚く姫君をつかまえてしまいます。

「岩屋の中に隠れてしまいたいそうですが、そんな寂しいことをおっしゃってはいけません。世の中がどんなに楽しいものか、愛がどんなに人を豊かにするか、私はそれを教えてさしあげたいと思います」

誰だろうと思いつつも、落窪の君は衣や袴があまりにみっともないので、恥ずかしくて死んでしまいたいと思って泣き出します。少将がいろいろ話しかけても、落窪の君は返事をすることができません。そんな彼女の様子を察して、少将は気の毒で可哀想に思います。

そのうち夜が明けます。少将は歌を贈ります。

〈君がかく鳴きあかすだに悲しきにいとうらめしきとりの声かな「あなたがこのように泣き明かすのさえ悲しいのだから、夜明けを告げる鳥の鳴き声はとても恨めしい」〉。

「時々は御返事をください。お声を聞かないと一人前ではないような気がします」。

落窪の君はかろうじて返歌を返します。

〈人心うきには鳥にたぐへつつなくよりほかの声はきかせじ「あなたのお心が冷たいので、鳥と同じように、泣く声しかお聞かせできません」〉

このとき少将の心に新しい感じがわき上がります。「何て率直で可愛い人だろう」

――少将はそれまでどこに行っても同じような口説き文句を口にしていたのですが、突然真摯《しんし》な思いにとらわれるのです。

少将は自分の着物を一枚すべらせるように脱いで、それを姫君のもとに置いて、出ていきます。

時間は少し戻って、帯刀と阿漕が楽しくやっていると、格子《こうし》の戸が開く音がします。驚いて起き上がろうとする阿漕ですが、「犬か、ネズミだろ」と帯刀は起き上がらせません。そのうち、姫君の泣く声がかすかに聞こえてくるので、阿漕は猛然と怒りだします。

「あんた、何か企《たくら》んでるのね！」

「実は少将様がいらしたんだ。ちょっとお話ししたいというので、お通ししたんだ」

「とんでもないことをしてくれたのね！　私もぐるになって姫君をだましたように思われるじゃないの！　私と姫君の友情にひびが入ったわ！」

女同士のあいだの信頼感というものは、『源氏物語』には見られないものですね。帯刀は「もし姫君に疎《うと》まれたら、私が想《おも》ってあげるよ」とか言ってなだめようとします。

朝になると、阿漕は恐る恐る姫君のところに参上します。姫君はまだ横になっていて、どう話しかけようかと思案するうちに、少将から手紙が来ます。その手紙を持って行き、自分は全く知らなかったと神仏にかけて誓っても、姫君は黙っているのです。阿漕は涙が出てきました。

「私もぐるだと思っていらっしゃるんですね。どうして私が姫君のお気持ちに反したことをいたしましょう。私は全く知らなかったのです。信じてもらえないのなら、おそばにいるのもとても辛いので、暇をいただき、いずくへなりと行ってしまいましょう」

可哀想に思った姫君はようやく泣きながら答えます。

「あなたがうそをついてるとは思わないわ。私が悲しいのは、こんなみすぼらしい身なりで殿方にお目にかかったこと。お母様さえいらしたら、こんな悲しい思いをせずに済んだのにと思うと」

「本当にそうですね。でもこちらの北の方がひどい人だというのは、向こうもご存じですから、身なりがみすぼらしいのは、北の方がそうさせているのだと思ってらっしゃるでしょう。右近の少将の心が頼りにできるものでしたら、とてもうれしいんだけど」

今夜も右近の少将はきっと来るだろうと思って、阿漕は一人忙しく部屋を整えます。落窪の君が母の形見としてわずかながら持っていた素晴らしい調度を飾り立てます。また二度しか身につけていない自分の宿直《とのい》用の袴を姫君にはかせ、薫《た》き物でいい香りにたきしめます。阿漕には、大変頼りになる叔母がいました。子供がいないので、阿漕に養女になってくれと頼んでいた人です。さっそく叔母に手紙を書いて、几帳や着物を貸してくれるよう頼みます。叔母は几帳と紫のきれいな綿入れを届けてくれたので、阿漕は大喜びです。苦心の甲斐《かい》あって、見違えるような部屋になりました。

やがて二夜目の少将の訪れです。このたびは化粧もきちんとしているし、部屋もきれいなので、姫君にも余裕が生まれています。女の人というのは、不意をつかれて男の人にのぞかれるよりは、きちんと用意をして、お化粧もしていたほうが安心するのです。この夜は落窪の君も時々返事をすることができました。少将は今では姫君の美しさや優しい気遣いにすっかり魅せられています。若い二人は心が結ばれました。

朝になり、迎えの車が来ても、雨が降っているのを口実に、少将は出発を延ばします。阿漕はお粥《かゆ》を是非差し上げたいと思い、厨房《ちゅうぼう》の下女のところへ行きます。

「ごめんなさい、うちの主人の友達が来て、泊まっているのよ。朝ご飯を用意しなきゃいけないの」

阿漕は人なつこくて快活な女の子ですから、みんなに好かれています。

「おや、それは大変だね。いいよ、そこから持っていって」

「ついでにお酒もいただくわ」

阿漕はドクドクとお酒をついでいます。

「阿漕さん、少しぐらい残しといてよ」という騒ぎです。

阿漕はお粥やお手洗の世話をきちんとします。そのうち雨が小降りになったので、あとに心を残しながら、右近の少将は帰っていきます。

すぐさま右近の少将から手紙が届きます。

〈よそにてはなほ我恋をますかがみそへる影とはいかでならまし「私は鏡の影のよう

に、いつもあなたと一緒でいたい」〉

　さすがに姫君もこのたびばかりは返事を書きます。

〈身をさらぬ影とみえてはます鏡はかなくうつることぞ悲しき「鏡はほかの人の影も映しますわ。いつかあなたの鏡にほかの女の人の影が映るようになったら、私はどんなに寂しいでしょう」〉

　次の夜は三日目なので、三日夜《みかよ》の餅を食べなければなりません。またもや阿漕は叔母に餅の調達を頼みます。日が暮れる頃になると、雨がひどく降り出しました。餅が届くかどうか、阿漕が心配していると、大雨の中を下男たちが傘を差して、餅を運びこんでくれました。

　右近の少将は大雨なので、とても行けそうにないと思います。せめて手紙だけでもと送ると、姫君の返事はこうでした。

〈世にふるをうき身と思ふ我が袖《そで》のぬれはじめける宵の雨かな「世にながらえるのを辛いと思う私の袖が、あなたが大雨でいらっしゃらないので、初めて濡《ぬ》れてしまいました」〉

　その手紙を見て、感動しない男性がいるでしょうか。これは何があっても行かねばならないと、大傘をさして帯刀と二人で歩いて向かうことにします。

途中で市中警邏《けいら》の衛門督《えもんのかみ》の一行に出会います。

「こんな夜中に二人で濡れねずみになって行くとは怪しいやつらだ」

少将たちが歩みを停めると、

「足がなまっちろい。泥棒ではないようだ」

貴族ですから、足は白いのです。

ところが、意地の悪いのがいて、「無礼だぞ、座って控えていろ」と傘を叩《たた》かれて、少将はしりもちをついてしまいます。ちょうどそこには牛糞《ぎゅうふん》がたくさん落ちていました。こんな下品なエピソードは『源氏物語』では考えられません。

「こんなんでは行けないよ」

「いやいや」と帯刀は言います。「お屋敷は遠くなりましたし、行き先はすぐそこです。我慢して行きましょう」

「しかし、臭《にお》いがなあ」

「いや、その臭いも、少将様の熱心さに免じて、姫君は麝香《じゃこう》のにおいのように思われるでしょう」

「おまえはよく言うよ」

とにかく二人はほうほうの体《てい》でたどり着きます。

阿漕の喜びは大変なものでした。お湯を沸かしたり、着替えやらで大忙しです。こんな雨の中を来てくださったので、落窪の君も本当に嬉《うれ》しかったのです。その晩は、三日夜の餅を食べ、みんな楽しく過ごしました。

明くる朝になると、阿漕はハッと飛び起きました。みんなが石山寺から帰ってくる日なのです。手洗や粥の準備に走り回っているうちに、石山詣《もう》でをした人たちが大騒ぎしながら帰ってきます。右近の少将は、これで帰れなくなったと思い、落窪の君と阿漕もはらはらします。

北の方は車から降りるやいなや、「あこき！」と呼びつけます。阿漕は急いで出ていきます。

みんながくつろいで、食事を始めたところで、阿漕は姫君と少将のところに来て、食事の世話をします。しかし二人ともほとんど口にしません。ところが、いつもは顔を見せない北の方が姫君の部屋に足音も荒らかにやってきます。

「どうして鍵《かぎ》をかけてるの！　開けなさい！」

姫君と阿漕がどうしようと困っていると、少将が几帳の陰に隠れました。

部屋へ入ると、いつもと様子が全く違うので北の方は不審に思いつつも、落窪の君に切り出します。

「石山で鏡を買ってきたのだけど、そういえば、いい鏡の箱を持っていましたね。しばらく貸してくれない？」。そう言って、鏡の箱を持ち去ります。

「取り替えてくださいとか、しばらくの間貸してくださいとか言って、何もかも持っていくんですよ」。阿漕が口をふくらまして不満を言います。

「必要がなくなったら、お返しいただけるでしょう」と、落窪の君がおっとりと応《こた》えます。


　翌朝、右近の少将は帰っていきますが、その日は宮中に参内したため、落窪の君のところに来ることができません。代わりに手紙が届きます。落窪の君からの返事は帯刀が届けることになりました。ところが、帯刀は蔵人の少将のところに呼ばれ、そこでうっかり姫君の手紙を落としてしまいます。蔵人の少将から三の君に、さらに北の方の手にとその手紙が渡ります。

「落窪は結婚させないでおいて、子供達の使用人にしておこうと思っていたのに、相手は誰だろう。いま騒ぎ立てたら、男がどこかに連れていってしまうに違いない」

北の方は様子を見ることにしました。

少将が次に訪れたとき、落窪の君のもとに、縫い物の仕事がどっさり持ちこまれました。急いで縫うようにとの命令です。三の君の夫の蔵人の少将が賀茂の臨時の祭りの舞人に指名されたので、その準備を嫁の家がするのです。

落窪の君は仕事をしようとするのですが、そんな必要はないと右近の少将が手を触れさせません。しばらくして、北の方が様子を見に来ます。何もでき上がっていないので、怒ったときに、北の方は少将が脱いでいた直衣《のうし》を見つけて、阿漕に詰問《きつもん》します。

「あの、これは知り合いの方が姫様に縫ってとよこされましたので」。阿漕がしどろもどろに答えます。

「うちのものは縫わないで、よそのものを縫うのかい！」

すごい剣幕で出ていきます。それでも右近の少将は、落窪の君の裾《すそ》をつかんで几帳の中に引き留めます。

暗くなってから北の方が再び来ると、縫い物はうち散らかり、人影も見えません。

「中納言殿《ちゅうなごん》、おちくぼを怒ってやってください。こんなに急いでいるのに、ちっとも仕事をしないんです！」

北の方はこう言いながら、中納言のところに行きます。

「おちくぼってだれのこと？」

「おちくぼ」という名は耳にしたことのない少将が訊《たず》ねます。

姫君は恥ずかしさのあまり、「さあ？」としかいえません。

「どうして人にそんな名前をつけるんでしょうね」

すると、北の方にあれこれいわれて、中納言が落窪を叱《しか》りに来ます。

「おちくぼ、おまえは何て心がねじけている人なんだろう。お母さんの言うとおりにしなさい。勝手なことばかりしていると、この家に置かないよ」

姫君はたまらずに泣き出しました。少将は姫君が「おちくぼ」と呼ばれていることを知り、とても可哀想に思い、そのうち北の方たちを見返してやろうと心に決めます。

落窪の君がなんとか下襲《したがさね》を縫い上げ、表着に折り目をつけようとすると、少将が手伝ってくれました。折り目をつけるためには、二人で向かい合わせになって引っ張るのです。そこへ、また寝ているのではないかと様子を見に来た北の方は驚きます。

「男が通っているのは知っていたけれど、たいした男ではないだろうと思っていた。でもあれはただ者ではない。着ているものの上品なこと、上品な面だち、うちの三の君に通っている蔵人の少将より立派な男ではないか」

これは何とかしないといけない、と北の方は思います。というのは、あの男が落窪を連れ去ると、有能なお針子を失うことになり、北の方にとっては大変な損失です。

北の方は、一晩じゅう、どうすればいいか計略をめぐらせました。

翌日、北の方は中納言に訴えます。

「落窪の君がとんでもないことをしでかしました。三の君の婿の蔵人の少将に仕えている帯刀という男がいて、阿漕のもとに通っているとばかり思っていたら、実は落窪の君のところに通っていたんです。この帯刀は馬鹿な奴で、蔵人の少将の前で、その手紙を落としてしまった。蔵人の少将がそれを見つけて、問い詰めると、落窪の君からのだと白状したのです。蔵人の少将は三の君に、『私はあんな下男と相婿《あいむこ》になるのかい』と嫌がらせを言ったそうです」

相婿というのは、姉妹の婿同士のことです。帯刀が落窪の君の愛人だと嘘《うそ》をついて、中納言をたきつけたのです。

北の方は落窪の君を物置に閉じ込め、誰も入れないようにします。そうすれば、相手の男もそのうちに忘れてしまうだろうと考えたのです。

右近の少将が訪れてきて、事情を知り、自分のせいでこんなことになったと嘆きます。そして、落窪の君を連れ出すチャンスがあったら教えてくれと阿漕に頼みます。

食事を差し上げる間もなく、閉じ込められてしまった落窪の君のために、阿漕は一計を案じました。落窪の君に琴を習っていた三郎君という少年に、阿漕が頼みます。

「落窪のお姉ちゃまが閉じ込められてるの。かわいそうとお思いにならない？」

「うん、かわいそうだと思うよ」

「それなら、誰にも知られずに、この手紙と強飯《こわめし》を渡してちょうだい」

「わかった」

少年は、「僕の沓《くつ》がここに置いてあるんだ。あけてよ、あけて！」と騒ぎます。北の方は聞き入れないのですが、末っ子に甘い中納言が、戸を開けてやります。少年はスッと入っていき、沓を探すふりをして、落窪に手紙と強飯をこっそり与えます。そして、「なかったよ」と少年はけろりと戻ってきます。

ところで、北の方の伯父で、好色な老人の典薬助《てんやくのすけ》という人がいました。典薬助と落窪の君を結婚させよう。そう北の方は考えました。典薬助というのは、医者と薬屋を兼ねたような仕事をつとめるのですが、甲斐性《かいしょう》はないので、姪《めい》の家に居候《いそうろう》していたのです。北の方が典薬助を呼んで、落窪の君と結婚するよう勧めます。

典薬助はにんまりとし、その夜にでも落窪のもとを訪れることにします。そして、口の軽い典薬助は、北の方が落窪の君をくださったこと、今晩姫のところに行くつもりだということを阿漕に話します。

阿漕は落窪の君に、典薬助のことをなんとか伝えます。落窪の君は胸もつぶれる思いです。阿漕は内から鍵をかけるわけにはいかないだろうかと悩んだ末に、わからないように棒を敷居のみぞにはさんでおきました。

夜になり、典薬助が今宵はとやって来て、戸を開けようとしますが、堅くて開きません。落窪の君に呼びかけても、返事はありません。叩いたり引っ張ったりしても、戸はびくともしません。

冬の夜は寒いし、板の間ですからとても冷えます。典薬助はお腹をこわしているうえに、着ている物も薄いので、お腹がグルグル鳴り出します。下痢になったのです。〈搔《か》いさぐりて、出《いで》やするとて、尻《しり》をかかへてまどひ出づる「手で探って、漏れたらどうしようと、尻をかかえて出て行く」〉

そこまで書くかというほど、可笑《おか》しい描写です。典薬助はほうほうの態で逃げていきました。

隠れて見ていた阿漕は部屋に戻って、帯刀と姫君を助ける相談をします。

「明日、三の君様のお婿様が賀茂の臨時の祭りの舞人になるので、その晴れ姿を見るために、皆さん出かけるわ。そのときにおいでくださいと伝えて」

「それは絶好のチャンスだ」

夜が明けるとすぐに、帯刀は右近の少将のもとに参上しました。

翌日の昼頃、みんなは車に乗って、賀茂へ出かけていきます。阿漕は大急ぎで使いを右近の少将に出します。少将はいつもとは違う車を用意し、屈強の若い侍たちを引き連れて中納言の家に乗り込んでいきます。門番の制止も無視して、姫君のいる部屋のそばに車を寄せます。部屋の戸は頑丈な錠がかけられていて、動きません。そこで戸を打ち壊してしまいました。

少将は、震えて泣いている落窪の君をしっかりと抱きしめます。二人は一緒に車に乗りこみます。阿漕も同じ車に乗って退散します。そのとき、阿漕は典薬助が落窪の君に書いた手紙を、すぐわかるようなところに置いておきます。典薬助が落窪の君に指一本触れていないことを北の方に知らせるためです。もちろん帯刀も、もうここにはいられないので同行します。右近の少将は落窪の君を二条の自邸に連れて帰りました。

帰ってきた中納言たちは、落窪の君を閉じ込めていた部屋の戸が壊され、誰もいないのに驚きます。ひどいありさまに中納言は声をふるわせて怒ります。北の方は前に見た几帳や屏風《びょうぶ》がひとつもないのを見て、阿漕のしわざだと気づきます。

落窪の君は夢のような日を送ることになります。大家の姫君と縁組を進めたがっていた少将の母も落窪と手紙をやりとりするうちに、その人柄をすっかり気に入ってくれました。しかし、少将は、あの北の方に仕返しをしないと気がすみません。実は以前から、中納言の家では右近の少将を四の君の婿に迎えたいといろいろ準備をしていたのです。そして、いざ結婚ということに話がまとまるのですが、当日訪れたのは少将ではなく、面白の駒という愚かな若者でした。落窪の君は、四の君に恨みがあるわけではないからと止めたのですが、右近の少将が北の方を悔しがらせるために、そういう段取りをしたのです。あとになって、そのことを知った中納言家の人々は大いに嘆きます。

面白の駒に対する原作の扱い方があまりにあざとくて嫌なので、私は『おちくぼ姫』という翻案小説を書いたときに、少し書き換えました。四の君の寝室を訪れた面白の駒は、自分が少将ではないことを告白し、暗闇《くらやみ》の中で偽って結婚するつもりだったが、愛する人にそんなことはできなかったと言って、その場を去ろうとします。その真心に打たれて、四の君は結婚を承諾します。しかし、両親がどうしても許さないので、とうとう二人は手に手をとって逐電します。不細工な青年ではあるけれど、純真に四の君を慕っていることにしたのです。このように現代にも通じるものにすれば、古典もいつまでも生命を保てるのではないでしょうか。

新年になると、右近の少将は中将に昇進しました。正月の末に吉日があったので、中将と落窪の君は清水寺へお参りに行きます。参道で前を行く車は、人が大勢乗っているせいか、牛も苦しそうで、なかなか坂を上れません。誰の車かと訊ねさせると、中納言の北の方がお忍びで参詣《さんけい》するのだというのです。ちょうどいいと思った中将は、「よたよた車はどけ」と供の者たちに言わせます。それでもなお先に行こうとするので、石を雨のように投げつけて、中納言家の車を道の脇《わき》へ押しやってしまいます。車輪が溝《みぞ》へ落ちて、壊れてしまいました。さらに清水寺に着いてからも、中納言の北の方があらかじめ頼んでおいた部屋は中将一行に奪われ、北の方たちは車の中で一夜を過ごさねばなりませんでした。相手が中将だと聞いた北の方は、「いったいどういう恨みがあるというのだろう。面白の駒のことも、彼の仕業にちがいない」といぶかしく思います。

落窪の君は中将の母親と対面を果たし、男の子を続けて二人産みます。中将も中納言と衛門督《えもんのかみ》を兼ねることになりました。二人は幸せそのものです。そのうえ、父の左大将も右大臣を兼任することになります。

一方、中納言家はさんざんです。落窪はいなくなったうえに、四の君が迎えた婿が面白の駒だったので、一家の面目は地に落ちてしまいました。賀茂祭の時にも、衛門督一行の車と場所争いの騒ぎとなり、車を壊されて、大恥をかかされました。

ひどいことばかりが続くので、中納言家は験直《げんなお》しに引っ越すことにしました。というのは、落窪の君は母から三条にある屋敷を相続していました。落窪は行方がしれないから、もう自分のものにしてもいいだろうと中納言は考え、荘園からの収入二年分をつぎ込んで、立派な屋敷を新築していたのです。

ところが、荷物を運び入れ、いざ明日は一家で引っ越そうという前日、衛門督の一行がやってきて、中納言側の人たちを追い出してしまいます。中納言側は抗議するのですが、衛門督は、ここは自分たちの屋敷であり、地券も持っていると主張します。やりとりをするうちに、衛門督の北の方が、あの落窪の君だということが中納言家の人々にもようやくわかります。北の方は、年来のひどい仕打ちはそのせいだったのかと思います。その一方で、中納言は、いままでひどい奴らだと思っていたのに、自分の娘だったのかと思うと、恨む気持ちはきれいに消え失《う》せます。

中納言は衛門督のもとを訪れ、二人は和解します。衛門督が三条の家の地券を差し上げようとしても、それはもともと落窪の君のものだからと固辞します。さらに落窪の君とその子供と対面し、大いに喜びました。それから両家の親密なつきあいが始まり、中納言家もおおいに栄えました。

『おちくぼ姫』では、衛門督、落窪の君、中納言、北の方、三の君、三郎君たちの再会の宴をラストの場面にしました。逐電した四の君と面白の駒もいます。北の方はいまだにぷんっとむくれています。それを阿漕や帯刀がほほ笑みながら見ているというところで、大団円にいたしました。

『落窪物語』の面白いエッセンスだけご紹介しましたが、興味を持たれた方はぜひ原典をお読みいただければと思います。少し難しい文章ですが、小説家が脚色をしたくなるような、人の心を触発する力のある作品です。この力こそ文学の源だと思います。

悲しいことはいいの。
楽しいことだけ書くわ

枕草子

『枕草子』の作者である清少納言《せいしょうなごん》は、紫式部のライバルです。ライバルといっても、清少納言のほうが世に出るのが早く、生まれた年も紫式部より十年ぐらい早いのです。ですから、清少納言が、紫式部という才媛《さいえん》の噂《うわさ》を聞いていたかどうかはわかりません。でも、紫式部は後から一条天皇の宮廷に入ったので、清少納言の噂をたくさん聞いていました。『紫式部日記』では、清少納言について「得意顔で利口ぶって書いているけれども、よく読むと、半端なことが多い。漢字も漢文もわかってない。あんな人の行く末なんかたいしたことないわ」とぼろくそです。その表現がきついので、「紫式部ってこんな意地の悪い人なの」という人が多いのですが、物書きというのはたいてい意地が悪いのです。

私は紫式部も好きですけれども、清少納言も好きです。清少納言が幸福だったのは、人生で二度とめぐり合えないようなすてきな女性と出会ったことです。一条天皇の中宮となった定子《ていし》です。日本人の女性のなかで、定子中宮ほど立派な人はいなかったのではないでしょうか。ユーモアがあって、学問があって、心だてが優しくて、しかも大変な美人だったそうです。お父さんの藤原道隆《みちたか》に掌中の珠《たま》と育《はぐく》まれ、さまざまな学問を学び、朗らかな明るい女性に育ちました。

やがて一族の期待を一身に担《にな》って、一条天皇の後宮へ入内します。一条天皇は、定子より三、四歳年下でしたけれど、大変すぐれた賢帝で、心持ちがなだらかな方でした。一条天皇と中宮定子は本当に相思相愛の仲でした。そういう中宮定子に仕えて、清少納言はあこがれと敬愛の念を捧《ささ》げ、「中宮定子様のことを書きたい。これが書ければ、人生が書けたのと同じことだわ」と、中宮定子賛美の文章を綴《つづ》りました。

私は子供の頃、「清少」は姓で「納言」は名前だと思っていました。変な名前だと子供心に感じていたのですが、実は「少納言」というのは役人の官名です。一族に少納言をつとめる人がいたといわれています。「清」というのは、お父さんの清原元輔《もとすけ》の姓に由来します。

清原家は門地が低く、一族はみんな出世が遅かったのです、しかし清原家は代々、歌人として聞こえた家です。「百人一首」には親子兄弟でとられているケースも多いのですが、この清原家は三代ないしは四代にわたってとられています。清少納言の曾祖父《そうそふ》とも祖父ともいわれる清原深養父《ふかやぶ》は有名な歌人です。「百人一首」にとられた歌です。

夏の夜はまだよひながら明けぬるを雲のいづこに月やどるらん

清少納言の父・清原元輔は『後撰集《ごせん》』の撰者でした。『万葉集』の付訓にあたった梨壺《なしつぼ》の五人の一人でもあり、これは大変名誉なことです。元輔も歌人として有名で、「百人一首」に選ばれています。

契《ちぎ》りきなかたみに袖をしぼりつつ末の松山波こさじとは

「君と僕は約束したではないか。末の松山を波が越せないように、決して互いに心がわりしないと」

心がわりした女に贈る歌を、人に頼まれて代作したものです。男がやわらかく女を責めています。厳しく責めるのではなく、できるなら、もとのようにと翻意を促しています。「君をおきてあだし心をわがもたば末のまつ山浪もこえなん」という歌がもとになっています。どこかはっきりとはしませんが、海岸の近くにある、この松は、決して波がその上を越えないと伝えられています。心がわりをしないという誓いに「末の松山」を持ち出すのは日本の文学の伝統です。

清少納言の歌才もよく知られています。

清少納言は、一世を風靡《ふうび》した能書家・藤原行成《ゆきなり》と仲がよかったのですが、あるとき、行成と清少納言がおしゃべりをしていて、思わず夜遅くなってしまいました。明日は宮中に一日いなければならないというので、行成は急いで帰ります。

翌日、行成から手紙が来ました。

「もっとゆっくり話をしていたかったけれども、鶏の声が聞こえたものだから、急いで帰って名残惜しい」

行成は、小野道風、藤原佐理《すけまさ》と並んで、三蹟《せき》の一人です。清少納言はほれぼれと手紙を眺めたのち、返事をします。

「私には鶏の声は聞こえなかったわ。あなたが聞いたのは孟嘗君《もうしょうくん》の鶏の声では？」

これは『史記』に記されている故事をもとにしています。孟嘗君という人が敵地を脱出し、函谷関《かんこくかん》の関所までたどり着いた時のことです。この関を夜のうちに越えたいのですが、明け方に鶏の声が聞こえないと開けないというのが函谷関の決まりです。孟嘗君は食客三千人といわれるほど、たくさん家来がいました。異能の家来がいろいろいるなかに、物真似《ものまね》が大変上手な人がいました。その人が鶏の声を真似て、関を開かせ、孟嘗君の一行は無事逃げることができたのです。

この故事を踏まえたうえで、清少納言は当意即妙に返歌したのです。それを読んだ行成はとても喜びます。それまで、男同士のように話せる女性はいなかったのでしょう。清少納言はあまり美人ではなかったといわれますが、彼女の才気はそれをカバーして余りあるものでした。

藤原行成も返事をします。こういう手紙のやりとりが宮廷の大人の男女の唯一《ゆいいつ》無二の楽しみです。

「函谷関のことをいっているのですか。でも、私とあなたのあいだにあるのは、逢坂《おうさか》の関ですよ」

「逢坂の関」は、伝統的に色っぽい意味をもつ言葉です。男と女が会うという意味にも使われます。

清少納言がそれに応えた歌です。「百人一首」にも入っています。「逢坂の関」と男に言われたら、女は手ひどくはねつけるのが、王朝の交渉の約束事でした。

夜をこめて鳥のそら音《ね》ははかるともよに逢坂《あふさか》の関はゆるさじ

「函谷関だったら、必死に鶏の鳴き声をしたら通れるでしょう。でも、逢坂の関はだめよ。私とあなたのあいだの関は、そんなものでは通れません」

女性のプライドです。清少納言は、〈心かしこき関守侍《はべ》り〉と一行つけ加えます。「うちの関守はしっかりしていますから」。おそらく行成と清少納言は恋仲というわけではなく、真の友人だったと思います。

清少納言は清原元輔の晩年にできた娘です。若くして、母を亡《な》くしたようです。この点は、紫式部と同じです。二人とも勉強大好き少女で、漢籍、仏典、和歌などに読みふけりました。

元輔は役人には珍しく、とてもひょうきんで面白い人でした。賀茂祭の時に、元輔は馬に乗って、祭りの行列に加わっていたのですが、乗っていた馬が足を滑らせ、落馬してしまいます。その拍子に、冠が外れてしまったのですが、今の感覚ですと、衆人環視の中でスカートやズボンが落ちたのと同じぐらい恥ずかしいことです。しかも元輔は年配なので、髪がありません。頭が夕日にピカッと光ったものですから、桟敷《さじき》で見ていた貴族たちが大笑いです。

元輔の従者がびっくりして、烏帽子《えぼし》を持っていくのですが、元輔はそのまま、つかつかと桟敷の前に行き、一席弁じ立てます。

「皆さんはお笑いになるけれども、これはお笑いになるほうが悪い。この道は石がごろごろしているから、馬がけつまずきやすい。私が落ちたのは当然の道理なのです」

冠というのは髪をくくって頭頂で髻《もとどり》にして、そこにしっかりとくくりつけるものなのですが、「ごらんのとおり、私にはくくりつけるべき髪はありません。落ちて当たり前でしょう」と言うから、みんなさらに笑いました。

あとで、従者が「何であんなことをおっしゃったのですか。弁じる暇にかぶったらいいではありませんか」と訊《たず》ねると、元輔は平然として、「いや、ことの道理を言っておかないと後々まで笑われる」と答えたそうです。

天延二（九七四）年、長く地位に恵まれなかった元輔がようやく周防《すおう》の国司になります。六十六歳でした。現代の官公吏のように、定年はありませんから、元気でさえあればいつまでも、役職につけたのです。清少納言は本名も生まれた年もわからないのですが、この頃は九歳ぐらいになっていたようです。元輔は娘を連れていくことにします。瀬戸内海の船旅をして、周防の国に向かいます。

『枕草子』二六〇段です。

ただ過ぎに過ぐるもの　帆かけたる舟。人の齢《よはひ》。春、夏、秋、冬。

わずか一行ですが、とてもいいですね。これは実際に目撃した風景をもとにしているのだと思います。都で生まれ育った人は、船に乗る機会などめったにありません。おそらく周防に下ったこの時のことでしょう。

幼い少女は海原を見て、とてもうれしかったことでしょう。

「お父さん、見て見て」と少女が言います。「あの船、帆がかかっているから、風が出ると速いわね」。「本当だ」と元輔さんもうれしそうです。「ただ過ぎに過ぎていくね。人の齢もだよ。春、夏、秋、冬、みんなそうだ」。こんな会話が交わされたのではないでしょうか。

任期は四年でした。都へ戻ると、清少納言は橘則光という遠縁の青年と結婚したようです。則光と結婚して、一人息子・則長をもうけたと史書にはありますが、則光の数ある妻のうちの一人の子を預かって育てたのではないか、と私は考えています。

というのは、『枕草子』には、子供を描写したところがあるのですが、あまり子供に関りのない人が描いたような印象を受けます。たとえば、「男の子が棒切れなんかを振り回して遊んでいるのがとてもかわいい。道端で見ると牛車の中へ抱き入れたくなるわ」。そういうことを子供のある人が思うでしょうか。「小さい子が廊下をはいはいしてきて、ごみを見つけた。本当に小さい指で上手につまみ上げて、大人に見せている。これはとてもかわいい」。あるいは、「八つ、九つぐらいの男の子が甲高い声を上げて素読をしている。『子曰《い》わく……』なんて読んでいる。これもとてもかわいい」。こういう外見的な可愛さばかり描かれているのです。これは子供を産んだことのない女の感覚ではないかと思うのですが、いかがでしょう。この点は、紫式部の『源氏物語』における描写とは異なります。紫式部は実際に娘を一人産んでいるので、『源氏物語』に出てくる幼児たちは、薫にしても明石の姫君にしても、抱くたびに重たくなるといった、実感のある文章で描かれています。

そののち、清少納言は則光とは別れたようです。いつしか三十歳近くになった彼女は、中宮定子のもとに仕えるようになります。紫式部は、「空蟬《うつせみ》」や「夕顔」などをいくつか手すさびのように書き、それが世に知られ、「こんな面白い物語を書く才媛はぜひ私どもに加わっていただきたい」ということで、中宮彰子のグループに仕えたのではないかと思いますが、清少納言にも、同じようなことがあったのではないでしょうか。

才走った清少納言ですから、文学好き、歌好きのグループが周囲にあったでしょう。そういう人たちが清少納言の書いたものを読んで、面白いと言ったのが広まって、中宮定子の目に触れたのかもしれません。

『枕草子』の冒頭はよくご存じですね。「春は曙《あけぼの》」です。

春はあけぼの。やうやうしろくなり行く、山ぎはすこしあかりて、むらさきだちたる雲のほそくたなびきたる。

「春はいつの時間がいいと思って？　もちろん明け方よ。山の端《は》がようよう白くなって、紫色の雲が細長くたなびいている、そういうのがいいわ」

〈夏はよる〉。ホタルが飛び交うのもいい。〈秋は夕暮〉。入り日が山の端に差しかかる頃、烏《からす》や雁《かり》がねぐらに飛んでいく風景がいい。〈冬はつとめて〉。早朝です。雪が降っているのもいいし、霜で真っ白になっているのもいい。赤々と熾《おこ》した炭火を持って行ったり来たりする、そのにぎわしさがいい。現代的なセンスがとても面白いですね。「こころときめきするもの」という段があります。〈雀の子飼《がひ》〉。『源氏物語』の若紫のように、雀の子を捕まえて、飼っていたようです。雀の子を飼うのは可愛《かわい》くてわくわくすることです。〈ちごあそばする所のまへわたる〉。小さな子を遊ばせている、その前を通るのもこころときめく。〈よきたき物たきてひとり臥《ふ》したる〉。よい香りを着物にしませて寝ているのもいい。〈唐鏡のすこしくらき見たる〉。舶来の鏡です。少し暗いと自分の顔がいかにも美人に見えます。私ってこんな美人だったのと清少納言は思うのです。現在は暗い鏡というのはありませんが、当時は鏡に曇りが出ると、研ぎ屋に出さなければなりません。ところが、男性の研究者は時々とんでもない解釈をなさいます。「あら、大変。こんなに曇ってきたら、研ぎ屋に出さなきゃいけないと憂うつになった」。こういう解釈はおかしいでしょう。タイトルは「こころときめきするもの」なのですから。

〈よき男の車とどめて案内《あない》し問はせたる〉。素敵な様子の男性が「こちらに何々さん、おいででしょうか」、下男にそう言わせている声が聞こえます。そのときの胸のとどろき、まさに「こころときめきするもの」です。〈かしらあらひ化粧じて、かうばしうしみたるきぬなどきたる。ことに見る人なき所にても、心のうちはなほいとをかし〉。王朝の女性が長い髪の毛を洗うのは大変です。かなりの時間がかかります。髪を洗って、きちんと化粧をして、とくに約束はないけれども、誰か来ないかしらと、いいにおいのする着物を身につけて寝ているのも気持ちいい。〈待つ人などのある夜、雨のおと、風の吹きゆるがすも、ふとおどろかる〉。男を待つ夜の、雨の音や風のそよぎは、なんて心がときめくのだろうと書いています。

『枕草子』は、人生のあらゆる場面、自然の情景のすべてにわたる、清少納言の楽しい報告がちりばめられています。

「あてなるもの」とは品のよいもののことです。清少納言にとって、上品なものとは、薄紫の着物に薄い白い着物を重ねること。梅の花に降る雪、藤の花、削った氷に甘葛《あまずら》をかけ、新しい金物の鋺《かなまり》に入れたもの。とても可愛い幼児がイチゴを食べているさま。どれもデリケートで清らかで、気高いものです。

「人にあなづらるるもの」。他人にばかにされるものに、〈築土《ついぢ》のくづれ〉があります。築土とは土塀のことです。王朝時代は治安が悪いので、築地が崩れたらすぐに直さなければいけないのに、気働きがないのか、経済的理由でか、そのままになっているのです。『源氏物語』にも、末摘花《すえつむはな》の屋敷の築地がこぼれて、そこから牛飼いの童が牛を連れて入って、庭の草を食べさせるという描写があります。そういうことは、律儀《りちぎ》に暮らしている人から見ると、とんでもないことです。もうひとつ、ばかにされるものに、〈あまり心よしと人にしられぬる人〉。あまりに、お人好しだと他人に知られた人。確かにそうですね。

「むつかしげなるもの」。むさ苦しくて、うっとうしいものとは何でしょう。〈ねずみの子の毛もまだ生《お》ひぬを、巣の中よりまろばし出《い》でたる〉。小さなネズミの子がころ出てくるなんて、今ではお目にかかれませんが、終戦直後ぐらいまでは目にしました。〈猫の耳の中〉。これはうっとうしいですね。〈ぬひ物の裏〉。なるほど、刺繡《ししゅう》の表はきれいにできていても、裏はごちゃごちゃですから。これはすごいと思うのは、〈いとふかうしも心ざしなき妻《め》の、心地あしうしてひさしうなやみたるも、男の心地はむつかしかるべし〉。あまり愛してもいない女が病気だということを聞いた男の気持ちだというのです。「見舞いにいかなきゃいけないかなあ、おれ、気が進まないんだよなあ」。清少納言の観察力や洞察力は本当に鋭いですね。

「かたはらいたきもの」。イライラして、じれったいという意味です。お客と話をしている時に、奥のほうで、女房たちが噂話を声高にしている。早くやめてくれればいいのにと思いながら聞いているときの気持ちです。自分の想《おも》っている人がたいそう酔って、同じ事を何度も言うとき。

清少納言には一瞬の情景をスケッチしたものがあって、これがまた面白いのです。たとえば、男がやってきて、朝方帰る時に、きちんと身仕舞いして帰るなんて興ざめだというのです。烏帽子はゆがみ、直衣《のうし》の帯もしどけなく引き上げながら、「ゆうべは楽しかった、夢みたいだったよ。今晩も来たい。夜が待ちどおしい」など、そめそめと女の耳に優しい言葉をささやいて、そのへんのものを懐《ふところ》に入れて、心を残しながらゆっくり去っていく。こういうのがあらまほしい恋人だというのです。

ところが、こういう男もいるのです。朝、むっくり起きます。しっかりと烏帽子を締めます。脱いだままになっていた直衣をきちんと裏返し、サッと手早く着て、ガサガサと枕元《まくらもと》を探しています。懐に懐紙や蝙蝠《かわほり》という扇子を入れようとするのですが、暗くてよく見えません。「どこだ、どこだ」とバタバタ探しだし、優しい言葉をかけるどころか、時間を気にして、「じゃあな」と出ていく。こんなことってあるかしら、と清少納言は怒っています。

清少納言には、宮仕えする女房の部屋に通ってくる男が、その部屋で落ちついて御飯を食べるのはいやだという美意識があります。食べさせる女房にも腹が立つそうです。清少納言にとって、恋は恋のためだけに完結する世界であってほしいのです。

「すぎにしかた恋しきもの」。〈枯れたる葵《あふひ》〉。葵祭の時には葵を飾ります。その枯れた葵がどこからか出てくるのは懐《なつ》かしい。〈二藍《ふたあゐ》、葡萄《えび》染《ぞめ》などのさいでの、おしへされて草子《さうし》の中などにありける、見つけたる〉。着物を裁ち縫いした端切れを、本の中に入れたりすることがあります。何かの折にそれを開いて、おしつぶされた二藍や葡萄染めを見つけたとき。「あ、これは……あの時のだわ……」、端切れというのは、さまざまな思い出を女にもたらします。〈をりからあはれなりし人の文、雨などふりつれづれなる日、さがし出でたる〉。昔の人の手紙が雨の夜のつれづれなんかにふと出てきた時、とても懐かしい。〈こぞのかはほり〉。去年の扇子もそうですね。

与謝野晶子が詠《よ》んでいます。

こおろぎやおとこおんなのふみがらの大木が中にうずもれて聞く

千年前に清少納言が記した「すぎにしかた恋しきもの」、日本文学の伝統を今さらのように思い知らされます。現代の川柳でいえば、時実新子さんの素敵な句があります。

古簞笥《ふるだんす》むかしのお手紙がわんさ

わずか一行ながら、詩情が見事に漂っています。

定子中宮の父は藤原道隆、当代一の位の関白です。父の関白兼家の死後、道隆が後を継ぎ、才色兼備の定子を一条天皇の後宮に入れました。一条天皇との仲もむつまじく、宮廷は花が咲いたように賑《にぎ》やかです。

「宮にはじめてまゐりたるころ」では、定子中宮に仕え始めたときの、初々《ういうい》しい清少納言が描かれています。清少納言は、そこで別世界を体験しました。王朝時代でも最高の美々しい世界です。そんな贅沢《ぜいたく》な世界を見るのは初めてでした。何を見ても素敵だと思うばかりです。そして、〈かかる人こそは世におはしましけれ〉。こんな人がこの世にいたのだと、定子中宮のことを描いています。

清少納言はお父さんの薫陶《くんとう》を受けて、絵や筆跡の鑑定をする才能がありました。自分では字が下手だと言っていますが、これは誰の絵か、誰の手跡か見分けることができたのです。

ところが、初めて宮中に参内した時は、頭の中が真っ白になってしまいました。先輩の女房たちが定子中宮に言葉をかけられると、物慣れたふうに、平気でお返事しているのがうらやましくてしようがありません。私に勤まるかしらと思ってしまいます。後の清少納言からは信じられませんが、初めはおどおどしていたのです。

清少納言が恥ずかしくて三尺の御几帳の陰に隠れていると、「こちらへいらっしゃい。この絵巻をごらんなさい」と定子中宮がおっしゃいます。「この絵はこういう絵よ」などと、話しかけてくださるのに、清少納言は緊張のあまり、汗びっしょりになってしまいます。

そんなふうにしていると、あるとき、「お渡りです」という声がして、立派な青年公家が入ってこられました。紫の指貫《さしぬき》で、ゆったりと座を占められます。定子中宮の兄・伊周《これちか》君です。定子中宮がおっしゃいます。

〈道もなしと思ひつるに、いかで「まあ、こんな雪の降る日によくお渡りいただけま

したこと」〉

〈あはれともや御覧ずるとて「大雪の日に参りましたら、志を哀れと見ていただけようかと思いまして」〉

これは、「山里は雪降りつみて道もなし今日来む人をあはれとは見む」という古歌を踏まえたうえで二人は言葉を優雅にやりとりしているのです。清少納言にとっては夢のような世界です。

そうしているうちに伊周君が、

「柱の陰にいるのはだれ。新参の人だね」と清少納言に気づきました。さあ大変だと、清少納言が几帳の陰に隠れようとすると、女房か誰かが、元輔の娘だと紹介したようです。伊周君が「あの噂は本当のことなの？」と話しかけるのですが、答えるどころではありません。汗もしとどだというのに、伊周君に扇をとりあげられてしまったので、扇で顔を隠すことができません。伊周君はさらに「この絵をどう思う？」などと話しかけます。清少納言は恥ずかしいので、袖を顔にあてて、うつむいて座っていました。裳や唐衣に白粉が移って、顔もまだらになっているだろうと清少納言は書いています。とても初々しい動転ぶりですね。やっと解放され、自分の部屋へ帰った時は、さぞかしほっとしたことでしょう。

それでも、清少納言はたちまち宮廷人に一目置かれ、人気者になります。「打てば響く才気」を認められたのです。才気や学識が愛された時代でした。

ある雪の日に、定子中宮は、いつもより早く格子《こうし》がおろされていたので、〈少納言よ、香炉峰の雪いかならん「香炉峰の雪はどうなの」〉とおっしゃいます。

ほかの女房たちは、「えっ、何？　香炉峰の雪って」と、顔を見合わせて怪訝《けげん》そうですが、清少納言はすぐに、御格子をあげさせて、自分は御簾《みす》をくるくると巻き揚げ、雪景色が中宮様の眼に入るようにします。定子中宮はにっこりとお笑いになりました。

それでようやく、他のひとたちにもわかったんですね。宮中勤めの女房たちは、みなかなりの教養は身につけています。そう、白楽天の詩の一節です。王朝の人々に愛された白楽天の詩は女房たちも暗記していましたが、この有名な一節がとっさに出てこなかったのです。

遺愛寺ノ鐘ハ枕ヲ欹《ソバダ》テテ聴キ　香炉峰ノ雪ハ簾ヲ撥《カカ》ゲテ看ル

定子中宮様はお茶目な方ですから、わざと「少納言よ、香炉峰の雪はいかならん」と謎をかけたのです。

さきにお話しした藤原行成とのやりとりからもうかがえますが、当時、一条天皇の宮殿には、大変な秀才、能吏、文化人が集まっていました。一条天皇自身が相当な文化人でしたが、藤原斉信《ただのぶ》のような才気あふれる文化人や藤原公任《きんとう》のように後世まで歌の神様のように言われた歌人などが大勢いました。こういう人たちのあいだで、彼女は面白いと評判になって、清少納言とのあいだに楽しいやりとりが交わされるようになります。

二月末の風が強く雪がちらつくある日、公任から手紙が届きます。

女房たちが宮中のたまり場で集まっていると、使いの者が持ってきました。清少納言たちのいる御殿は、男達の役所とは隔たっていますから、使いが持ってくるのです。見れば懐紙に、下の句だけ書かれていました。

すこし春ある心ちこそすれ

その日の天気にぴったりですが、清少納言はすぐに白楽天の詩だとわかりました。「山寒ウシテ春有ルコト少ナシ」。対句は、「雲冷ヤカニシテ多ク雪ヲ飛バス」です。

こういう時には、同じ漢詩をなぞっただけの返事は書けません。思い悩んだ末、清少納言はこう返しました。

空さむみ花にまがへてちる雪に

きれいに上の句がつきました。待っていられた公任たちは大喜びしてほめそやしました。

藤原斉信から漢詩の上の句が届いたこともあります。

蘭省花時錦帳下

「蘭省ノ花ノ時ノ錦帳ノ下」。蘭省というのは中央官庁のことです。帳《とばり》も豪華です。これに下の句をつけてください、とありました。これも白楽天の詩がもとになっていて、本来の対句は、「廬山ノ雨ノ夜ノ草庵ノ中《ウチ》」ですが、そのまま対句を書くのも芸がないと考えたあげく、清少納言はその紙の末尾に炭櫃《すみびつ》の消し炭で、簡単に書きました。

草のいほりをたれかたづねん

「廬山ノ雨ノ夜ノ草庵ノ中」を、和歌に引き直して、「草のいほりをたれかたづねん」にしたんですね。これまた宮中の大評判になりまして、一条天皇まで面白がったそうです。

翌朝、別れた夫の則光が清少納言のところへやってきました。

「ひと言、喜びを申しあげたくて」

「何ですか。昇進でもしたの?」

「そんなことではない」

このやりとりを見ると、清少納言は則光を少し軽く見ているようですね。

「いや、実はさっきの手紙のやりとりの集まりにいたんだ。斉信さまが『蘭省ノ……』という手紙を出されて、おまえが下の句をどうつけてくるか心配でならなかった。ところが、使いが持ってかえってきたのは、『草のいほりをたれかたづねん』。これには一座が感服したよ。斉信さまが私におっしゃるには、『則光、これを見ろ』。『私は歌のことはわかりませんが……』『批評しろというのではない。ただ世の人に伝えよ、というので見せるのだ』。こんなに褒められるというのは、あなたにとっても私にとってもとても嬉《うれ》しいことだ。これに比べればわずかな昇進などたいしたことはない」

清少納言と則光が、以前夫婦だったことは知られていて、ふたりが、妹人《いもうと》、兄人《せうと》と呼ばれているのは一条天皇もご存じでした。それにしても、こんなことをわざわざ言いに来る則光というのは、可愛《かわい》げのある男ですね。

ある日、雪が降りました。王朝時代は雪がよく降ったのです。定子中宮の仮御殿の庭に雪山をつくろうということになりました。十二月の十日過ぎのことでした。「この雪はいつまであると思う？」と定子中宮がお尋ねになると、女房たちはそれぞれに、「十日ぐらいは」とか「十数日は」と短めに答えますが、ひとり清少納言は「正月の十日過ぎまでは、あるでしょう」と、申しあげます。ほかのひとたちと同じことを言いたくないのでしょうが、みんなはとてもそんなにもつまいとあきれてしまいました。清少納言も内心では正月一日ぐらいにしておけばよかったと思っているのですが、「まあいいわ」とあくまでみんなに逆らっていました。それから清少納言は御殿の雪のことが気になって仕方ありません。白山の観音様に消えないよう祈ったりするのは、自分でもばかげたことだと思います。

雪山はなかなか消えず、年が明けてもまだありました。かさは低くなりましたが、ちゃんと残っています。そのうち、中宮さまは御所のほうへ戻られることになり、みんなもお供して宮中へまいります。雪山のあたりに住む番人に頼みます。「誰にも踏ませないで。子供たちも上がらせないでね。十五日まで雪があったら褒美《ほうび》をあげるから」

約束の前日。「まだあります、大丈夫ですよ」という知らせがきます。うれしくなって、清少納言は当日まだ暗いうちから、折櫃《おりびつ》のなかにきれいなところだけ盛ってくるよう使者に頼みます。そして、中宮さまに差し上げる歌を一心に考えていました。

ところが、雪山を見に行った召使が戻ると、「もう、ありませんでした」というのです。

「どうして、そんなことになったのだろう」

「番人が嘆くには、けさ、起きたら消えていたそうです」

「まあ、誰かが、わざと取りのけたのかしら……」

清少納言はがっくりしました。

定子中宮のもとへ参上し、事情を申し上げると、まわりの女房たちがどっと笑います。「あら、どうして」と思っていると、中宮さまがおっしゃいます。

「そんなにがっかりしないで。実は、わたしが雪山を取りのけさせたの。でも、たしかに雪はあったと、ここでわたしが言うのですから、あなたが勝ったも同じですよ。それはそうと、歌はできたの」

「歌どころではございません」

清少納言は、しょげかえるばかりでした。

実は、これは定子中宮の優しい配慮でした。もし雪が残っていたら、天狗《てんぐ》の清少納言がますます天狗になって、みんなに憎まれるようになるのではないかと案じたのです。清少納言の才気がありすぎて、かどかどしくなりがちなところを、中宮はよく見抜いていたのです。

宮中は薄暗く、気詰まりな勤めのように思われがちですが、『枕草子』を読むと、女房たちも自然の子であることがわかります。意外に外出好きです。清少納言は、自然の匂《にお》いや手ざわり、物音に対する詩的な感覚を書きとめています。

〈月のいとあかきに、川を渡れば、牛のあゆむままに、水晶などのわれたるやうに、

水の散りたるこそをかしけれ〉

「月に照らされて牛車が走り、小さなせせらぎに乗り入れる。水しぶきが水晶のように光ってとてもきれい」

わずか二、三行の記述ですが、実に素敵です。

〈蓬《よもぎ》の車に押しひしがれたりけるが、輪の廻りたるに、近ううちかかりたるもをかし〉

「山路にさしかかると、轍がよもぎの草むらを踏み、さっとよもぎの香りが立つ」

清少納言は五感の鋭いひとですね。こういう感覚は、『源氏物語』の紫式部にはなかったものです。紫式部は自分とは違う感覚、感性を備える清少納言の才能を認めながらも、かえって意識せずにはいられなくて、悪口を書いたのかもしれません。

ある初夏のこと。五月雨《さみだれ》が降りつづきました。

「ああ、くさくさする。ほととぎすの声を聞きに行かない？」

こういう時の言い出しっぺは、いつも清少納言です。若い女房たちが二、三人、たちまち賛同します。頼んで、車を引き出してもらったりしているうちに、「私たちも連れていって」と言う声が聞こえます。でも、清少納言はあとから言ってくるようなひとは嫌いです。定子中宮も、そんなに大勢で出ていってはなりませんとおっしゃるので、そのひとたちはあきらめました。

一行は賀茂のあたりへ向かいます。途中に定子中宮の伯父・高階明順《たかしなのあきのぶ》の家がありま す。中国の隠者のような人で、政界からはなれて、悠々と人生と自然を楽しんでいま す。この明順が、一行を呼び入れ、田舎らしい料理をふるまってくれます。蕨《わらび》は明順 が手ずから摘んだものでした。近所の娘たちを呼んで稲こきを見せたり、ひなびた田 舎の歌を歌わせたりしてくれます。

ほととぎすはかしましいばかりに鳴いていました。

みんなで「中宮さまにお聞かせしたいわねえ」と言っているうちに、雨が降ってき ました。急いで車に乗り、帰る途中の道端に卯《う》の花がたわわに咲いていたので、下人 に花を折らせて車じゅう飾り立てました。みんなで面白がって、卯の花車に仕立てた んですね。女房たちは、「風流のわかる人に見てほしいわね」と言いながら帰るので すが、誰にも行き合いません。この様子をぜひ見てもらおうと、一条大路の大きな屋 敷のところで車を停めます。この屋敷の若殿は宮中の侍従を務めています。「公信さ ん、おいでですか」と使いの者に言わせると、「いらっしゃいますが、部屋でくつろ いでいたところでしたので、大急ぎで着物を召されます」。そんなの待っていられな いと、清少納言たちが車を進めさせると、公信が帯を結びながら追ってきて、最後には競走のようになりました。こういう楽しいピクニックもあったのです。帰ってから、定子中宮にご報告します。「それで、ほととぎすの歌はできたの」と中宮がおっしゃるので、返事に窮したところへ、雷鳴がとどろきます。その日は歌のことはそのままになってしまいました。二、三日後、ふたたび、その日のことが話題にのぼります。明順が自ら折った蕨の味について、話しているのを耳にはさんだ中宮さまが、「思い出すのは食べ物のことなの」とお笑いになり、〈下蕨こそこひしかりけれ〉という下の句をくださいました。仕方なく、清少納言は上の句をつけます。

　　ほととぎすたづねて聞きし声よりも

中宮が笑いながら、おっしゃいます。

「そんなに、ほととぎすにこだわっているの」

「そうではありません。歌を詠《よ》みたくないのです。少しはましな歌を詠んでも、優れた歌人の血を引いているのだから当然だ、と言われるので、張り合いがないのです」

中宮はお笑いになって、「じゃあ、もう詠まなくていいわ」と言いました。宮中に仕えて、歌を詠まなくていいなどと言われるのは考えられないことですね。

「とても気が楽になりました。もう歌のことは忘れましょう」

しかしながら、伊周公が大変なことを考えていました。庚申《こうしん》待ちの歌会を企画していたのです。夜ふけになると、伊周公が歌題を出し、女房たちに歌を詠むようにとおっしゃいます。ところが、清少納言は歌とは関係のない話ばかりしています。定子中宮はいたずらっぽくお笑いになって、清少納言に紙をよこされます。

元輔が後《のち》といはるる君しもや今宵の歌にはづれてはをる

「あなた、元輔の娘でしょう？　歌人の裔《すえ》なのに、どうして歌が詠めないの」

さっそく清少納言はお返しします。

その人の後《のち》といはれぬ身なりせば今宵の歌をまづぞよままし

「歌人の娘と言われなければ、わたくしだってすぐ詠みました。歌詠みの裔と言われては、なかなか詠めないのでございます」

代々歌詠みの家に生まれたからこそ逆に、清少納言は、歌を詠むのが泣きどころだったのですね。

定子中宮と一条天皇のあいだに初めての姫君が産まれます。この世の幸福を絵にかいたように幸せいっぱいでしたが、それも中宮の父である関白道隆が生きているあいだだけで、長くはつづきません。父君が亡《な》くなられるとすぐ、すさまじい政権争奪戦が始まったのです。

関白道隆の一番下の弟・道長はかねてから、次の関白は自分だと狙《ねら》っていました。亡くなった道隆には伊周、隆家という息子たちがいました。ふたりは道長と敵対するのですが、二十前後の若君たちは老練な叔父、道長の敵ではありません。

その上、一条天皇の母君である東三条女院詮子《せんし》は道長びいきです。一条天皇があまりに定子中宮を愛されるので、姑の立場から反感を持たれたのではないかという見方をする学者もいます。女院は「あんな頼りない若者たちに天下は任せられない」といって、道長の味方についたのです。一条天皇は、大変困ります。人情としては、愛する中宮の兄弟の味方になりたいのですが、母君の女院はひざ詰めで迫ります。ついに押し切られて、関白の宣旨は道長に下ります。

そのうち、伊周、隆家の二人は、花山法皇に弓を引くという事件を引き起こします。

二人は慌《あわ》てて二条邸に下がっていた定子中宮のところに隠れようとします。検非違使《けびいし》たちが邸を囲みますが、中宮がいるのですぐには手が出せません。無理矢理、中宮を車にお乗せして、そのあいだに二人を捕らえました。それぞれの配流地《はいるち》へ落とされたのは、長徳二（九九六）年のことでした。

ちょうどその年、紫式部は父の藤原為時に連れられて越前へ旅立ちます。都中の若い娘たちのあこがれだった貴公子たちが引っ立てられていく光景から、紫式部は光源氏が明石に漂泊することのヒントを得たのではないかと思います。

ともあれ、清少納言たちの驚きと悲しみはいかばかりでしたでしょうか。定子中宮は落飾しようとなさいました。けれどここにいたっても、一条天皇は中宮を深く愛していらっしゃるので、認めようとなさいません。内々で内裏へお呼びになります。

そして、定子中宮に若宮が産まれます。一条天皇にとって初めての男皇子でした。こうなると政治情勢がまた変わります。伊周も隆家も都へ呼び戻されました。関白道隆が生きていたころのようにはいきませんが、定子中宮の産んだ皇子がいるのです。ほかに皇子が生まれなければ、権力が握れるかもしれないのです。伊周も隆家も、ものように世間交わりをはじめました。

ところが、道長は、裳着《もぎ》の儀を済ませるやいなや長女の彰子を入内させました。誰もこれを止められません。帝の周りには何人も女御、妃がいるのが普通だからです。

定子中宮は里に下がります。それでも、一条天皇からはひっきりなしに手紙が届きます。そして帝のご愛情が深かったしるしに、中宮さまは三たびご懐妊なさいます。

一方、彰子女御は日の出の勢いです。道長派が次から次へと才能ある人を集め、天下の富を集めて御殿を飾り立てます。定子中宮を訪れる人はもうありません。彰子女御を中宮にするために定子さまを皇后に押し上げて、前例のない「一帝二后」というありさまになってしまいました。

月満ちて、定子さまがお産みになったのは姫君です。けれども、産後の肥立ちがお悪く、ついに定子さまは亡くなられます。まだ二十五歳のお若さ、長保二（一〇〇〇）年の十二月、雪の降りしきる夜でした。

清少納言はその後、御殿を下がりました。ある人から、彰子中宮の御殿に誘われたのですが、どこにも仕えませんでした。清少納言がなすべきことは、『枕草子』に定子中宮の素晴らしさを書きとどめることだけでした。

「これで一生終わってもいい」

そして、年をとってからは定子さまの御陵が見えるところに住み、朝に晩に御陵を拝んで、楽しい思い出にひたりながら一生を終えました。

そういう政治的背景を頭の中に思い浮かべながら、『枕草子』をお読みになると、明るく楽しいことしか書かず、定子中宮、ひいては中関白《なかのかんぱく》家の悲しいことや苦しいことについて何一つ書かなかった清少納言の気持ちが理解できるかもしれません。

「そんなこと、書く必要はないの。楽しいことだけ、書けばいい。人生って生きるに値するものだから」

清少納言はあたかも、そう言っているかのようです。

道長ってなんて豪胆

大鏡

『大鏡』は、文徳天皇の即位から後一条天皇の御代までを描いた、平安時代の歴史物語です。藤原道長の息子の一人である能信《よしのぶ》が作者ではないかという説もありますが、はっきりしたことはわかりません。『日本書紀』を始めとして官撰《かんせん》の歴史書である「六国史」――『日本書紀』、『続日本紀』、『日本後紀《こうき》』、『続日本後紀』、『日本文徳《もんとく》天皇実録』、『日本三代実録』――が編纂《へんさん》されてきましたが、光孝天皇までを記述した『日本三代実録』（九〇一年完成）を最後に官撰の歴史書は途絶えてしまいます。官選史書に代わって、藤原道長を頂点とする藤原氏全盛期の歴史を描こうとしたのが『大鏡』です。

嘉祥三（八五〇）年から道長が亡《な》くなる直前の万寿二（一〇二五）年までの百七十六年間に至る歴史、さまざまなエピソードが描かれています。歴史書なので、各章の最初に親子関係や略歴が記されていますが、そこは飛ばして、面白そうなエピソードから読めばいいのです。

語り手が京都の紫野にある雲林院《うりんいん》という寺へ参詣《さんけい》したところから物語は始まります。仏の教えを人々に説く菩提講《ぼだいこう》があるので、大勢の聴衆が集まっていました。そのなかに、並外れて年をとっていて、見るからに普通の年寄りではなさそうな二人の老人と一人の老女がいます。三人は笑いながら見交わし合っていたのですが、そのなかの一人が話し始めます。

「これはまあ、本当にいいところでお目にかかった。近ごろ私は、いままで見聞きしてきた話や、いまの入道殿下藤原道長公のことを話し合いたいと思っていました」

そして、こう続けます。

〈思《おぼ》しきこと言はぬは、げにぞ腹ふくるる心ちしける〉

『徒然草』第一九段の「おぼしき事いはぬは、腹ふくるるわざなれば……」がすぐ連想されます。

〈かかればこそ、昔の人は、物言はまほしくなれば、穴を掘りては言ひ入れはべりけめと、おぼえはべり〉

これはギリシャ神話の「王様の耳はロバの耳」と同じです。ギリシャ神話が日本に伝わっていたのでしょうか。

「あなたにお目にかかれてよかった。時にあなたはおいくつになられましたか」

「いくつになったか、まったく覚えていません。私は貞信公――兄時平の死後、醍醐《だいご》天皇のもとで政治改革に着手し、朱雀《すざく》、村上天皇のもとで摂政、関白をつとめた藤原忠平――がまだ若くて蔵人《くろうど》の少将でいらした時の小舎人童《こどねりわらわ》の大犬丸《おおいぬまろ》です。あなたは宇多天皇の母后に仕えていた有名な大宅世継《おおやけのよつぎ》さんですよね」

「その通りです。ところで、お名前は何でしたかな」

「夏山繁樹といいます」

みんな驚いてしまいます。そのなかで、三十歳ぐらいの侍がにじり寄り、大宅世継に問いかけます。

「とても信じられない話です。こちらの方は年を覚えていないとのことですが、あなたは覚えていますか」

「今年で百九十歳です。繁樹さんは百八十歳を越えているはずです。私は清和天皇が退位なさった年（八七六）の正月十五日の生まれなので、十三代の御代を生きてきました」

世継は繁樹に尋ねます。

「そこにいるのは、当時のお連れ合いですか」

「いや、あれは亡くなりまして、これは後添です。あなたのほうは？」

「私はもとのままです。今日は瘧《おこ》り病で具合が悪いというので置いてきました。とても残念がっておりました」

説法が始まるまで、みんな手持ちぶさたなので、世継が昔物語をしようと言い出します。繁樹もそれに応《こた》えます。二人ともいかにも話をしたそうです。二人のまわりに大勢集まってきました。

「昔、賢明な帝《みかど》の御代には、国中の年寄りを呼び寄せ、古い時代の話を聞いて、政《まつりごと》の参考になさったそうです。年寄りの話はいろいろ教わるところが多いものです。若い方は年寄りをばかにしてはいけません」

まず、文徳天皇に始まり、清和、陽成《ようぜい》、光孝、宇多、醍醐、朱雀、村上、冷泉《れいぜい》、円融、花山、一条、三条、後一条まで十四代にわたる代々の天皇の系譜が、世継によって簡単に語られます。道長公の栄華の由来を話すためには、天皇、皇后のことを説明するのが必要だからです。

「お話をうかがい、うららかな朝日に出会ったようです。私の妻の鏡は曇っているのに、研ぐこともしないのです。そんな鏡に慣れていると、ぴかぴかの鏡で自分を見れば、恥ずかしいと同時に新鮮に感じるものです。世継さんの話はそれに似て、大変面白い」

繁樹が大喜びして一首詠《よ》みます。

あきらけきかがみにあへば過ぎにしも今ゆくすゑのことも見えけり

世継が歌を返します。「すべらぎ」というのは天皇のことです。

すべらぎのあともつぎつぎかくれなくあらたに見ゆるふる鏡かも

「明るい鏡を見れば、過去も未来もはっきりわかる」

「歴代の天皇のことがはっきり見える鏡なのです」

世継の話は、明るい鏡のように歴史を映し出すというのです。ここから『大鏡』という書名が生まれたのでしょう。『大鏡』を初めとして、『今鏡』、『増鏡』、『水鏡』といった鏡物と言われる歴史書が編纂されることになります。

そして、いよいよ本題である藤原氏の歴史が語り始められます。

文徳天皇の跡を継いだのはわずか九歳の清和天皇です。当時の藤原氏の氏の長者は藤原基経《もとつね》です。この時、藤原氏は大変困った事態に至ります。摂関政治というのは、娘を天皇の後宮に入れて皇子、皇女を産ませるのが基本です。息子たちも優秀でなければいけません。藤原道長が栄華を保ったのは子供運がとてもよかったからです。十数人子供がいたのですが、みんな上出来でした。長女の彰子は皇子を二人もうけましたが、二人とも帝位につきました。後一条天皇と後朱雀天皇です。そのことから道長は大きな勢力を得ることができたのです。

しかし基経には、清和天皇に娶《めと》らせるべき娘がいませんでした。仕方がないので妹の藤原高子《たかいこ》を娶らせようと考えます。高子のほうが八つ年上なので、清和天皇の成長を待たなければなりません。ところが、藤原高子は在原業平《ありわらのなりひら》と恋愛関係になります。『伊勢物語』には、業平が高子を背負って逃げたのですが、高子は鬼に食べられてしまったという段があります。これは実は基経たちが追いかけてきて、高子を取り戻したのだといわれています。いろいろな噂《うわさ》を抑えつけ、基経は清和天皇と高子を結婚させます。二人のあいだに生まれたのが、陽成天皇です。

高子の奔放な血を受けたのか、陽成天皇は過激な性格で、御所の中で馬を乗り回したり、お取り巻きの一人を殺《あや》めたりします。やむなく陽成天皇を退位させようという会議が行なわれたのですが、基経の意向がわからないので、ほかの公卿《くぎよう》達は発言することができません。

そこへ六十三歳になる左大臣・源融《とおる》が発言します。

「どうだろう。近い皇統の筋といえば、ここに私がいるではないか」

源という姓が示すように、源融は、臣籍降下した元皇族です。臣下に下って何十年もたっていますが、大変な才人で、基経に並ぶ勢力をもっています。そんなに高齢なのにと少し驚きますが、現在の政治家を見ても、大臣病というのは治らない病のようですね。

しかし基経はこう言って退けます。

「皇統とはいっても、臣下に下られた人を今さら帝にという前例はありません」

基経が即位させたのは光孝天皇で、五十五歳でした。光孝天皇は質素で、落ち着いた人物でした。好ましい老紳士といったところでしょうか。

藤原定家は「百人一首」に光孝天皇の歌を選んでいます。

君がためはるののにいでてわかなつむわが衣手に雪はふりつつ

河原左大臣こと源融の歌も選ばれています。

みちのくのしのぶもぢずりたれゆゑにみだれそめにしわれならなくに

光孝天皇は在位三年余りで亡くなります。跡を継いだのは宇多天皇です。実は、光孝天皇が危篤《きとく》状態になると、基経は臣下に下っていた源定省《さだみ》を、まだ下って間もないからといって、親王に戻していたのです。親王が皇太子となったその日に光孝天皇は亡くなり、二十歳あまりの宇多天皇が即位しました。

『今昔物語集』のなかに、藤原高藤《たかふじ》が、山科《やましな》に狩に行き、豪族の娘と出会うエピソードがあります。数年後、高藤と娘は再会し、仲良く添い遂げるのですが、ふたりのあいだに生まれた女の子が結婚したのが、源定省、のちの宇多天皇なのです。

若き宇多天皇は、政治改革に燃えていました。しかし政治の実権は基経に握られています。宇多天皇と基経の勢力争いは、阿衡《あこう》事件を引き起こし、天皇が誤りを認め、結果的に藤原氏の勢力の強さを示すことになりました。

その頃頭角を現してきたのが、菅原道真《みちざね》です。漢詩も和歌も上手に詠み、学問の道では日本随一です。菅家廊下という父祖代々の私塾の主宰者で、多くの学生、学者を育てました。宇多天皇は道真に目をつけます。

基経が亡くなり、藤原氏に有力者がいなくなると、宇多天皇は道真を重用し、天皇親政を強めていきます。宇多天皇は在位十年ほどで、十三歳の醍醐天皇に位を譲ります。その際、幼い天皇に、道真を重用するよう促しました。

道真に対抗したのは基経の長男・時平です。歌舞伎や文楽の『菅原伝授手習鑑《てならいかがみ》』では、悪役として登場する人物ですが、まだ三十歳ぐらいです。幼い醍醐天皇のもとで、二十八、九歳の左大臣時平と五十七、八歳の右大臣道真が並び立ちます。道真は学才に優れ、分別も備わっているのに対し、時平はまだ若く学才も劣っているので、天皇は道真に重きを置きます。当然のことながら、時平はそれを不満に思います。道真は時の人とはいえ、時平を抑えて思うように政治を行なうのは難しかったようです。

『大鏡』にこういうエピソードが載っています。

「あの方は無茶を押し通すので、困ったものだが、どうすればいいだろう」

ある時、道真がこうこぼすのを聞いた文書担当の役人が答えます。

「大丈夫です、お任せください」

「でもどうやって?」

「ただ御覧ください」

会議の席で、その役人は大げさに振る舞いながら、時平に文書を差し出します。いましも時平がその文書を取ろうとした時に、その役人は高らかにおならをしました。すると時平はもともと一度笑い出すととまらない性格だったので、手がふるえて文書をとることもできません。「今日はもう私にはできない。あとは右大臣にお任せする」と言い切ることさえできませんでした。その時の議案は道真の思い通りになったそうです。時平も、案外おかしいところのある人物ですね。

しかし、かねてから道真に不満を抱いていた時平を中心とする藤原氏は、道真を追い落としにかかります。道真の娘は斉世《ときよ》親王(帝の弟)のもとに嫁いでいたのですが、時平は醍醐天皇に、道真は斉世親王を次の帝にしようとしていると讒言《ざんげん》します。道真は大宰権帥《だざいのごんのそち》に左遷《させん》され、政権から遠ざけられました。道真の子たちもあちこちへ流されます。道真は庭の梅の花を見ながら、歌を詠みます。

こち吹かばにほひおこせよ梅の花あるじなしとて春を忘るな

「東の風が吹いたら、梅の花よ、どうぞまた咲いておくれ。私がいないからといって春を忘れないでおくれ」

また道真は宇多天皇に救いを求めます。

流れゆくわれはみくづとなりはてぬ君しがらみとなりてとどめよ

「私は川の水屑《みくず》となって流されていきます。どうぞ私をせきとめて、お助けください」

しかし宇多天皇はもはやどうすることもできませんでした。

道真は西へ向かいます。播磨《はりま》の国では、明石の駅家《うまや》に宿をとります。紫式部は、これをもとに、源氏が須磨、明石へ漂泊する場面を描いたのかもしれません。

駅長が非常に悲しむのを見て詠んだ道真の漢詩です。

駅長莫驚時変改　駅長よ。驚くことなかれ。時の変わり改まっていくのを。

一栄一落是春秋　一たびは栄え一たびは零落する。これも人の世の定め。

大宰府へ着くと、道真は門をかたく閉ざします。明け暮れ、昔のことと今のことを懐《なつ》かしく想《おも》うばかりです。九月九日、菊の花を眺めると、一年前の宮中での菊の宴会が思い出されます。

去年今夜侍清涼　　去年の今夜清涼に侍《はべ》りき
秋思詩篇独断腸　　秋思の詩篇独り腸《はらわた》を断つ
恩賜《おんし》御衣今在此　　恩賜の御衣今此《ここ》に在り
捧持毎日拝余香　　捧《ささ》げ持ちて毎日余香を拝す

「思えば去年の今夜、菊の宴というので宮中の御殿へ上がった。その時、『秋を思う』という詩をつくって、帝にお褒めいただいた。褒美《ほうび》にもらった着物はここにある。捧げ持って、私は毎日その残り香をなつかしんでいる」

この詩を含めて大宰府で道真が詠んだ漢詩を集めた『菅家後集《かんけこうしゅう》』は、道真の死に際し、都の友人紀長谷雄《きのはせお》のもとに届けられたものといわれます。道真は都に帰ることはできず、筑紫で亡くなり、そこで葬《ほうむ》られました。享年《きょうねん》五十九でした。

ところが、その後、都では、時平が病死したり、清涼殿に雷が落ちたり、異変が続きます。これは道真の祟《たた》りに違いないという噂が流れます。道真の怨霊《おんりょう》を鎮《しず》めるために、京都の北野に天満宮をつくり、道真を天神として祀《まつ》ることになりました。全国各地にある天満宮の始まりです。

基経には息子がたくさんいたのですが、なかでも、時平、仲平、忠平の三人は、「三平」と呼ばれていました。長兄の時平は、道真の祟りのせいか早世し、子孫も絶えてしまいます。王朝女流歌人の章で伊勢の話をしましたが、伊勢はこの三人と女兄弟である中宮温子に仕えていて、仲平や時平の恋人だったのです。

仲平は心がきちんとした人だったそうです。兄弟に比べて昇進がずいぶん遅いのですが、それだけ人が好かったのでしょう。

四男の忠平は実頼《さねより》、師輔《もろすけ》、師尹《もろまさ》、と息子に恵まれ、子孫がのちに大いに栄えることになります。諡《おくりな》して貞信公と呼ばれます。忠平も「百人一首」に選ばれています。定家は歴史の中から好ましい人物を選んでいるようにも感じられます。

をぐら山みねのもみぢば心あらばいま一たびのみゆきまたなん

醍醐天皇は延喜の帝といわれ、民を慈《いつく》しみ、世の中がとてもよく治まりました。寒い夜には着物を脱いで、「民の苦しみを体験したい」と言ったそうです。延喜の帝はいつもにこにこしていたそうです。「真面目《まじめ》そうな人には物を言いにくい。うちとけた雰囲気だと話しやすいだろう。重要なこともそうでないことも両方聞きたい」と考えたからです。仁君とみなが仰ぎました。『古今和歌集』が生まれたのもこの時代です。

醍醐天皇の后のひとりに基経の娘・穏子《おんし》がいて、保明《やすあきら》親王を産みます。ところが、皇太子となった保明親王は二十一歳の若さで突然亡《な》くなります。二年後、親王の王子もわずか五歳で亡くなります。次の皇太子はどうなることかと不安が生まれますが、なんと穏子は数えの三十九歳でふたたび朱雀天皇を産むのです。続けて村上天皇も産まれました。最近では四十過ぎての初産は珍しくはありませんが、当時のことですから、世間は驚きました。道真の祟りがまだ恐れられていたので、朱雀天皇は幼い頃は外にも出さず大事に育てられました。現金なもので、村上天皇はあまり構われなかったそうです。

朱雀天皇の時には承平《じようへい》・天慶《てんぎよう》の乱や天変地異が起こり、世が乱れました。

次の村上天皇の治世は、「天暦《てんりやく》の治」と呼ばれています。村上天皇は、心が広くて、教養も深い、大変すぐれた方でした。ある時、自分のことを人々はどう言っているか、と臣下に尋ねます。

「寛大な君でいらっしゃると噂しております」

「それでは褒めているのだね。上に立つ者が厳しかったら、下の者はたまったものではないだろう」

村上天皇に入内したのが、藤原師輔の娘の安子《あんし》です。師輔は忠平の次男です。父・忠平と同じく、師輔も息子や娘に恵まれました、安子のほかに、伊尹《これまさ》、兼通《かねみち》、兼家たちがいます。

兼家は『蜻蛉《かげろう》日記』の作者・藤原道綱母の夫です。『蜻蛉日記』は、女性の視点で、夫の訪れがないことを嘆いています。でも兼家は、次兄の兼通との血で血を洗う政争に明け暮れていて、妻どころの騒ぎではなかったのです。

村上天皇に入内した安子は、冷泉天皇、円融天皇を産み、天皇の寵愛《ちょうあい》を受け、二十五年にわたって添い遂げました。兄たちのことは親のように思い、弟たちのことは子供のように慈しみました。仕える人達にとても優しく、身分の低い者にも親しく目をかけました。世のため人のためになると思えば、天皇にそれとなくとりなします。ただ天皇の女性関係が派手だったせいもあり、非常に嫉妬《しっと》深く、天皇もたいそう恐れていました。

師輔の弟である師尹が鍾愛《しょうあい》の一人娘・芳子《ほうし》を入内《じゅだい》させます。評判の美女で、御身は入内するため牛車の中に乗っているのに、髪の先はまだ母屋《おもや》の柱のもとにあったそうです。髪の一筋を、檀紙《だんし》という真っ白な紙の上に丸めて置くとすっかり黒くなってしまったというぐらい長くて、美しい髪でした。

師尹は芳子を教育するにあたって、『古今和歌集』をすべて覚えさせ、書を学び、琴を習わせたそうです。『古今和歌集』を全部そらんじているという噂を聞いた村上天皇が、仮名序を始めとして、歌の上の句だけ言って、その下の句を問います。芳子はすらすらと答え、間違いはひとつもありませんでした。

村上天皇は琴が上手だったので、女御《にょうご》芳子に熱心に教えたりして、寵愛は日に日に勝っていきます。安子中宮としては、どんな人なのか気になります。部屋が隣だったので、壁に穴を開け、そっとのぞくと、輝くばかりに美しい女性です。なるほど、ご寵愛が厚いわけだと怒りをおぼえた安子は、土器《かわらけ》のかけらをとって、その穴から投げさせました。その時、村上天皇がたまたまいあわせていました。天皇もさすがにこのような狼藉《ろうぜき》は許すことはできません。これは女手でできることではない、男兄弟たちが示し合わせたに違いないと、伊尹、兼通、兼家の兄弟三人は謹慎を命じられました。それを聞いた安子は大変腹を立て、急ぎ天皇を呼びます。謹慎の件だと思って行かないでいたのですが、たびたび催促されるので、村上天皇がしぶしぶ行くと、安子が文句を言います。

「何ということをなさるんですか。たとえあの三人に咎《とが》があったにしても、私のためにお許しくださるのが本当ではありませんか。今すぐお許しください」

「どうしてそんなにすぐに許せよう。人聞きも悪いだろう」

厳しく責められるので、天皇は帰ろうとします。しかし安子が、「帰れば、すぐにはお許しくださらないでしょう。いまここでお許しください」と袖《そで》をつかまえて放さないので、天皇はしかたなく許したのです。

そんなふうにきついところもあったのですが、とても情愛の深い人だったので、安子が亡くなると、村上天皇はとても悲しんで、「あんなに芳子を愛するのではなかった。安子はどんなにつらい思いをしただろう」と嘆きます。そののち天皇の、女御芳子への寵愛は衰えてしまいました。

村上天皇のエピソードがもうひとつあります。あるとき清涼殿の前の梅の木が枯れてしまいました。村上天皇は、代わりの梅の木を探すよう命じます。都中探してもなかなか良い木が見つからなかったのですが、ようやく都のはずれで、花は色濃く、枝振りのよい木が見つかりました。その木を掘り取ると、家のあるじが、この文を結びつけて持ち帰るように申し出ました。

村上天皇が梅の木を愛《め》でて、これは何かと文を開くと、美しい女手の文字で、歌が一首記されていました。

勅なればいともかしこし鶯《うぐひす》の宿はと問はばいかが答へむ

「天皇のご命令ですから、もちろん差し上げます。でもうぐいすが来て『私がいつもとまっていたあの梅の木はどこへ行ったの』と聞いたらどういうふうに答えましょう」

驚いた村上天皇が何者の家か調べさせると、なんと紀貫之《つらゆき》の娘の家でした。悪いことをしたと天皇は恥じたということです。

村上天皇の時はよき御代でしたが、次の冷泉天皇になると、時代は大きく変わります。冷泉天皇は精神的に不安定で、鞠《まり》を蹴《け》って天井の梁《はり》の上に乗せようとしたり、清涼殿のそばの小屋の屋根に昇ったり、奇行が度重なりました。

ある時、殿上で宴会が行なわれました。しかし村上天皇の時代のようには座が浮き立ちません。ある人が思わず口走ります。

「ああ、先帝が世におわしませば……」

一同思わず落涙したと伝えられています。

しだいに、冷泉帝を退位させようとする動きが生まれます。亡くなった村上天皇は四男の為平親王を皇太子にしたいと願っていました。しかし、為平親王の妻は、源高《たか》明《あきら》の娘で、藤原氏ではありません。為平親王が帝位についたら、藤原家が排されてしまう。たちまち策略がめぐらされて、源高明は謀反《むほん》に関与しているとして、大宰府に流されます。この事件は「安和《あんな》の変」と呼ばれ、藤原氏の権力はさらに強化されることになります。


次の円融天皇に最初に入内したのは兼通の娘媓子《こうし》です。摂政《せっしょう》をつとめていた実頼、伊尹が相次いで亡くなると、兼通と兼家の兄弟のあいだで激しい政権争いが行なわれます。兼通の死後、兼家は娘の詮子《せんし》を入内させます。詮子が産んだのが、のちの一条天皇です。ですが、円融天皇と兼家は折り合いが悪く、兼家はふてくされて出仕しません。娘の詮子をも皇子ともども自分の屋敷に籠《こ》もらせます。天皇が皇子の顔を見たいと参内させようとしても、病気を理由に断ります。再三の要請によりようやく参内した兼家に、天皇は自分はもうすぐ退位し、東宮に位を譲るが、詮子の産んだ皇子を次の東宮にするつもりだと言い、兼家は大いに満足しました。

次の花山天皇は、溺愛《できあい》していた女御忯子《しし》が妊娠中に他界したこともあり、十九歳で突然出家します。これは花山天皇を退位させ、一条天皇を即位させようとする兼家、道兼親子の陰謀で、兼家の息子・道兼が一緒に出家して天皇の弟子になるといって花山天皇を騙《だま》して出家させたと伝えられています。

幼い一条天皇が即位すると、兼家の時代が到来します。摂政になった兼家には、道隆、道兼、そして最大の傑物・道長といった息子たちがいました。

長男の道隆は父・兼家の死後、摂政、そして関白となります。道隆は娘の定子を一条天皇に入内させます。『枕草子』では、この定子の魅力が存分に描かれています。

道隆には伊周《これちか》と隆家という息子がいました。伊周を後継者に考えていた道隆は、彼の官位を強引に引き立てます。ところが道隆が亡くなります。亡くなった当時は疫癘《えきれい》が流行《はや》っていましたが、原因はその流行り病ではなく、酒の飲み過ぎでした。道隆は大変な酒飲みで、死ぬ時も念仏を唱えるのではなく、呑《の》み友達のことを口にしたそうです。

道隆の跡を継いだ道兼がわずか数日で死ぬと、道隆の嫡男《ちやくなん》伊周と道長の権力争いが勃発《ぼつぱつ》します。道長に幸いしたのは、一条天皇の母・詮子が弟の道長びいきだったことです。道隆の娘の定子は詮子からすれば姪《めい》にあたるのですが、あまりにも自分の息子・一条天皇と仲がよすぎるので、姑《しゆうとめ》の詮子が嫉妬していたのではないかともいわれます。一条天皇は定子の兄・伊周を次の関白にと考えていたのですが、詮子は兄弟の順を守るべきだと天皇の寝所までおしかけ、泣く泣く訴えます。そのおかげで、道長は関白の職につくことができました。その後も道長と伊周の争いは絶えなかったのですが、花山法皇が自分の愛人のもとに通っていると誤解した伊周と弟・隆家が法皇に矢をしかけるという前代未聞の大事件を起こし、ふたりは配流《はいる》されてしまいます。伊周、隆家の兄弟は、皇太后の詮子が病気の時に特赦を受けて、都へ帰ってきます。しかし、その時には伊周は道長をとても恐れています。ある時、道長と伊周が賭《か》け双六《すごろく》をしました。現代の賭けマージャンや賭けゴルフのようなものです。そういう時でも伊周は負けに負けたそうです。

ところが弟の隆家のほうは、なかなか骨っ節のある人でした。特赦で都へ戻ってきて、もとの中納言《ちゅうなごん》になったものの、多くの人に官位を抜かれてしまっています。賀茂神社へ参詣《さんけい》する際にも、行列の後ろのほうを歩いています。それを気の毒がって道長は自分の牛車に呼んで、語りかけます。

「あなた方兄弟が流されたことは、私の差しがねだと世間ではいっているらしい。あなたもそう信じているかもしれない。でもそうではない。帝の御命令なのです。どうして私の独断でそんなことができましょう」

こまごまと弁解をするのです。道長にそうさせるだけの気骨が隆家にはあって馬鹿にはできないのです。

隆家は以前のようには世間交わりをしなくなりました。ある時、道長が自分の家でパーティーをした際に、隆家がいないとやはり物足りないというので、使いを遣って呼びよせます。みんなすっかり酒がまわった頃に、隆家はきちんとした装束で入ってきます。

「早く着物の紐《ひも》をお解きください。みんなもう乱れた格好をしています」

主《あるじ》である道長は気をきかせてそう言います。でも隆家はかしこまったままです。隆家より位の低い人が後ろへ回って、「それでは私がお解きいたしましょう」と体に手をかけようとすると、隆家は突然怒りだします。

「自分は不運な身ではあるが、あなたたちに馬鹿にされるような者ではない」

一座は凍りつきますが、道長はからからと笑いながら言います。

「いやいやこれはこれは。それでは私がお解きいたしましょう」と、隆家の着物を解きます。

「それなら結構です」

その夜、隆家はいつもよりずっと酒をすごして、楽しんだそうです。

道長は若い時から豪胆で鼻柱が強い自信家だったようです。

あるとき、父の兼家が、息子たちの前で、道長たちの又従兄弟《またいとこ》にあたる藤原公任《きんとう》のことを、「あの公任は頭がいいね。官吏としての腕はあるし、学問もできるし歌もうまい」と褒めます。続けて、こぼします。「お前たちはあの公任の影さえ踏めそうもないね。とても残念だ」。

兄の道隆や道兼がしょんぼりしているなか、道長ひとり昂然《こうぜん》として、こう言ったそうです。

「影どころか公任の面《つら》を踏んでやりますよ」

花山天皇の時代、ある五月雨《さみだれ》の夜、天皇がみんなと怖い話をして興じていました。「こんな夜にはいくら君たちだって、人気がなく離れたところへ独りで行けるか」

花山天皇がこう言うと、みんなは「行けません」と言って断ります。道長だけが、どこへでも行くと応《こた》えます。天皇は面白がって、道隆、道兼、道長の兄弟に、それぞれの行き先を指定します。道隆、道兼の二人は嫌々ながら向かいますが、途中で怖《おそ》ろしくなって帰ってきてしまいます。ところが道長はあらかじめ行く前に、天皇から小刀を借りていきました。なかなか帰ってこないので、どうしたのだろうと思っていると、なんともない様子で帰ってきて、大極殿の高御座《たかみくら》の裾《すそ》の方の木を削ってきたというのです。天皇はびっくりします。明くる日天皇が、蔵人を遣わして削った跡に合わせてみると、ぴったりと合ったそうです。

また、あるとき伊周が道隆の屋敷で、人々を集めて、弓の競射を催していました。すると、道長がふらりとあらわれます。招いてもいないのにと不審に思いますが、関白・道隆は丁重にもてなします。伊周と道長と二人で弓を射合うと、伊周は的を射た矢の数が二本負けてしまいます。集まっている人たちは伊周に勝たせようと、勝負を延長させます。道長はふたたび矢をとり、きりきりと引き絞ります。ここが道長の気の強いところです。

「道長の家から帝、后が立ちたもうのならば、この矢当たれ」

そう言いながら射ると、矢はまさしく的の真ん中を射抜きます。伊周が外したあと、道長はもう一度矢をとります。

「この道長が摂政・関白になる運命ならば、この矢当たれ」

またしても当たり、周囲の興はすっかり冷めてしまいます。

「もう射なくてもいい」

道隆は慌《あわ》てて、そう言ったそうです。

『大鏡』は、道長の気迫、生命力、政治力などを讃美しますが、その陰には悲恋もあります。

冷泉天皇と円融天皇、二つの皇統が交互に立っていた時期がありました。冷泉天皇の第一皇子・花山天皇、円融天皇の皇子・一条天皇、そのあとには冷泉天皇の第二皇子である三条天皇、一条天皇の皇子である後一条天皇と天皇の位につきました。後一条天皇のときの皇太子は三条天皇の皇子である敦明《あつあきら》親王でした。妻は藤原顕光《あきみつ》の娘・延子《えんし》です。しかし道長とは関係が親しくはないので、皇太子とは名ばかり、御前にうかがう人もほとんどいません。ついには、道長の圧力に耐えかね、皇太子の位を辞退します。道長は老獪《ろうかい》にも、敦明親王に小一条院という院号を授けて、自分の娘の寛子《かんし》を娶《めと》らせます。暮らしの面倒を見るというような約束があったのでしょう。小一条院は寛子のいる道長の屋敷にばかりいるようになりました。延子がいくら待っても夫は帰ってきません。悲しみのあまり病気になり、急死してしまいました。

三条院の皇女・当子内親王は伊勢の斎宮を務め、三条院の譲位により都に戻ります。美しい姫で、三条院も皇后もとても可愛《かわい》がっていました。ところが、内親王のもとに伊周の息子の道雅が通っているという噂《うわさ》が立ちます。怒った三条院により道雅は勅勘を受け、二人の仲は裂かれてしまいます。そののち内親王は仏門に入り、わずか二十三歳で亡くなります。斎宮ならともかく、すでに斎宮を退いていたのに許されなかったのです。ふたりの仲は王朝の悲恋として伝わりました。道雅が内親王に贈った絶唱です。

今はただ思ひ絶えなむとばかりを人づてならでいふよしもがな

「私はあなたのことを思いきります。ただそれを人伝てでなく、お会いして伝えたいものです」。定家はこの歌を「百人一首」に採り、報われぬ恋をとどめてやりました。

さまざまなエピソードが語られ、人々は大宅世継と夏山繁樹の話に聞きほれています。ちょうどそこへ、「講師のお坊様がお見えになった」と周りががやがやとうるさくなり、熱気が冷めてしまいました。講の途中で大騒ぎになり、観客が外へ出て行くのに紛れて、翁《おきな》たちは見えなくなってしまいました。

毛虫大好き姫君

堤中納言物語

『堤中納言物語《つつみちゅうなごんものがたり》』は王朝時代には珍しい短編小説集で、独立した短編十篇と、短い断章から成っています。堤中納言は実在の人物で、平安中期の歌人・藤原兼輔《かねすけ》のことです。紫式部の曾祖父《そうそふ》にあたり、賀茂川の堤のそばに邸宅があったので堤中納言と呼ばれました。彼の歌の代表作はこうです。

人の親の心は闇《やみ》にあらねども子を思《おもふ》道にまどひぬる哉《かな》

この気持ちは現代でもよく理解できるものです。約二百五十年前の俳諧書《はいかいしょ》『武玉川《むたまがわ》』に収められた句にこういうのがあります。

親のやみ　ただ友達が　友達が

友達が悪いのだと、ひたすら親は言うわけです。『誹風柳多留《やなぎだる》』になると、さらに面白くなります。

あれと出るなと両方の親が言い

「おまえが悪いのではなく、あいつが悪いんだから、あいつと出かけてはいけないよ。相手の親も同じことをいう」

こういう親の情愛がなくなったら、世の中は寂しくなります。親の闇とはいいながら、こういう人情の温かさが慈《いつく》しまれ、王朝時代から現代にいたるまで詠《うた》われてきたのでしょう。

藤原兼輔は「百人一首」にも中納言兼輔という名で選ばれています。

みかの原わきて流るるいづみ河いつ見きとてか恋しかるらむ

「三香の原を分けて流れる泉河、その名のように、私は君をいつ見たというのだろう。でも、いつのほどにか君が恋しくてたまらなくなった」

とても口調がよくて、きれいな歌です。ただし堤中納言・藤原兼輔の歌だと言い伝えられてきたのですが、実際は詠《よ》み人知らずの歌ではないかといわれています。

どうして見たこともない人に恋するのですかとよく訊《たず》ねられるのですが、見たことのない人に恋をするのが王朝の恋の美学です。あの家の姫君は美人らしいという噂《うわさ》が流れると、それだけで男たちは想像力をかき立てられるのです。『源氏物語』の「末《すえ》摘花《つむはな》」では、荒れ果てた屋敷にいる美しい姫君、こんなイメージを抱いて、源氏は一晩を過ごすのですが、朝の雪の光の中で見た末摘花はとんでもない馬面《うまづら》で、鼻は象のようで、ぽっちり赤いことを知ります。想像力に復讐《ふくしゅう》されたわけです。

『堤中納言物語』というタイトルなのですが、堤中納言が登場する物語ではありません。また堤中納言が編纂《へんさん》したものでもありません。『堤中納言物語』に「逢坂越えぬ権《ごん》中納言《の》」という作品があります。天喜三（一〇五五）年に、後朱雀《ごすざく》天皇の皇女・六条斎院禖子《ばいし》内親王の屋敷で物語合せが行なわれたのですが、そのとき「逢坂越えぬ権中納言」という新作が提出されたという記録があるのです。兼輔は九三三年に亡《な》くなっていますから、兼輔の死後相当経《た》っています。『堤中納言物語』は、王朝末期に成立したと思われる短編集です。

『堤中納言物語』のなかから三つの話をご紹介します。まずは「花桜折る少将」という美しいタイトルの物語です。花桜折るというのは、美女を手に入れたような印象を受けますが、実際のところはどうでしょうか。

ところは京、季節は春、時は深夜です。月がくまなく照る明るい夜です。桜の花があちらこちらで爛漫《らんまん》と咲いています。

貴族の若君が従者を連れて歩いています。彼は少し前に、恋人の家から出てきたところです。あんまり月の光が明るいので、もう夜が明けたと勘違いして、恋人に別れてきたのです。

ところが実はまだ真夜中でした。「ああ、こんなに早く出てきたら、あの人は気を悪くしたかもしれない。でも引き返すにも遠くなってしまった。このまま帰るとするか」と、歩を進めます。そんなに遠いところでもせっせと通っているのは、その若者の実のあるところです。

歩いていると、大きな桜の老木が眼にとまりました。きれいに咲いていると見ているうちに、「昔通っていた屋敷ではないか。あの女はどうしたのだろう」。ふとそう思い出します。

そこへ、築地《ついじ》の崩れたところから白い衣を着た人が――本文には「白き者の」としか記されていません――せきをしながら出てきます。

若君が呼びとめて、訊ねます。

「ここにいらした方はどうなさいましたか」

「もうとっくにどこそこへ行かれました」

どこそこというのは人里離れた地名だったのでしょう。自分が通わなくなったので、世をはかなんで尼になったのではないかと若君は心配します。

ここでいかにも王朝の貴公子だと思わせるのは、まず御供を遠ざけるのです。供の男たちを遠ざけておいて、単身こっそり屋敷の中に入り、様子をうかがいます。あたりはし―んとしていますが、どこかから妻戸を静かにあけはなつ音が聞こえてきます。

妻戸というのは廊下の端と端にある戸ですが、その戸を閉めると中へ入ることも外へ出ることもできなくなります。かけがねを外すと出入りができるのですが、それを「妻戸を放つ」といいます。

「少納言の君さん。もう夜が明けたんじゃない。見てごらん」

という声がしたあと、愛くるしい少女が出てきます。蘇芳色《すおういろ》の袙《あこめ》の上に小袿《こうちぎ》をかけています。蘇芳色というのは紅に少し黒が混じった色です。きれいに梳《くしけず》った黒髪がかわいく背中に流れています。月の光が明るいので、当時の女性のたしなみとして、扇をかざして顔を隠しながら、「月と花とを」とつぶやいています。これは有名な歌の一節です。

あたら夜の月と花とを同じくは心知れらむ人に見せばや

「もったいない。こんなきれいな月と花を趣を知る人にだけ見せたいわね」

まるで文学少女のようですが、当時は知らぬ者のない歌ですから、誰でも時には口ずさんだりしたのでしょう。彼女は桜のほうへ歩いてきます。すると大人びた女の人の声がします。

「季光《すえみつ》はどうして起きてこないの？　弁の君はここにいたの。いらっしゃい」

どうやら、一行は朝早くに物詣《ものもう》でに出かけるようです。遠くに出かける場合、あまり遅くに出発すると、帰りが夜になってしまいます。当時の夜は大変物騒です。陽のあるうちに帰るためには、夜明け前に出発しなければなりませんでした。

「つまらない。私も行きたい。御社の近くまでならいいでしょう」と言う少女は、とんでもないと、たしなめられています。

これだけで当時の人にはピーンときます。つまり、この少女は月のさわりなのです。血は穢《けが》れだと信じられていて、神や仏へ参詣《さんけい》するのは遠慮すべきこととされていました。『落窪物語《おちくぼものがたり》』にも、阿漕《あこき》という女房がそれを口実に、落窪の君のために屋敷に残る場面がありましたね。

やがて、この家の姫君だと思われる女が出てきます。小柄で美しく、声にも品があります。階段を降りるのに苦労し、なんとか牛車《ぎっしゃ》に乗り込みます。こんな姫君がここにいたのかと、若君は驚きます。

そこまで見届けてから、若君は屋敷へ帰り、まず一眠りします。ここにも王朝貴族の日常生活がうかがえます。夜は一晩中、愛の世界に生きているのです。起きるとただちに昨日訪れた恋人にあてて、後朝《きぬぎぬ》の文を書きます。返事が来たところに、源中将《げんちゅうじょう》と兵衛佐《ひょうえのすけ》という遊び友達がやって来ます。

「きのう宮中で管弦の遊びがあって、帝がお召しになったのに、どこにもいませんでしたね」

「おかしいな。昨日はずっとここにいたけど」

友達同士で歌を交わしたりして楽しみました。

夕方、若君はほど遠からぬ父の屋敷を訪れました。春の夕暮れ、桜の花が散り乱れ、とても美しい風情《ふぜい》です。若君は琵琶をゆったりと面白く弾いています。家来の光季が傍らで傍輩にしゃべっているのが聞こえます。

「若君にはどんな女だっていかれてしまうね。美しいうえに琵琶の上手なこと。そういえば、陽明門の前の屋敷に、琵琶の上手な人がいる。とても由緒《ゆいしょ》ある人みたいだ」

若君は光季を呼んで、尋ねます。

「桜がたくさんあって荒れた家をどうして知っている?」

「つてがありまして……」

実は、光季はあの少女の恋人だったのです。さきほどの少女の場面での季光というのは実はこの光季のあの屋敷での変名だという面白い説もあります。光季によると、あの屋敷の姫君は故源中納言の娘でたいそう美しく、叔父の大将が養女にして帝に入内《じゅだい》させようとしているとのことでした。そうならないうちに、なんとかとりはからえといわれた光季は、言葉巧みに少女に頼みます。姫君のお祖母さまがふだんから厳しいからと少女は渋るのですが、光季が厳しく責めると、「いい機会があれば、すぐに知らせます」と答えてしまいます。原文には〈わかき人の、思ひやりすくなきにや〉

とあります。思慮が浅いというのです。若君からの手紙の取り次ぎも頼まれますが、それは握りつぶしてしまいます。

ある日、少女から、今夜なら大丈夫という連絡が入ります。当時は、姫君の周りにいる女房たちが手引きをしないと男性は恋の冒険をすることができません。

若君はさっそく決行することにします。いつ入内してしまうかわからない瀬戸際《せとぎわ》ですから、姫君のもとへ通うというような手ぬるいことをしていてはしようがない。掠《さら》ってこようというのです。

若君の車は立派な車で目立つので、光季の車で行きます。少女に導かれるままに中に入ると、灯りは物陰に置かれているので、あたりは薄暗い様子です。母屋《おもや》のところに、あの時見た姫君のように小柄な人が御衣《おんぞ》をかぶって臥《ふ》せっています。若君はその方を抱き上げて、急いで車に乗せます。もう無我夢中です。自分の屋敷にたどりつき、車を寄せると、ふるえる声がします。

「どなたじゃな。私をどうされるのか」

間違えて、お祖母さんを連れてきてしまったのです。実は姫君の乳母から話を聞いて、心配のあまり、姫君のお祖母さんがそこに控えていたのです。

非常に近代的な感覚を持った短編小説です。しかも、結び方が本当に心憎いのです。

〈そののち、いかが。をこがましうこそ「その後どうなさったのでしょう。本当にあほらしい話ね」〉

さらに痛烈な一行がとどめをさします。

〈御かたちはかぎりなかりけれど「お祖母さまもこのうえない別嬪《べっぴん》でしたけれど」〉

お祖母さまが別嬪でもどうしようもありませんが、こんな楽しい短編が、八、九百年も前にすでに存在していたのです。

『堤中納言物語』のなかで一番有名なのは、「虫めづる姫君」です。花や蝶《ちょう》をめでる姫君はいますが、虫を可愛《かわい》がる姫君というのはめったにいません。姫君という身分とのアンバランスなところが面白い物語です。

蝶を可愛がる姫君が住む隣に、按察使《あぜち》大納言の屋敷がありました。ここの姫君は、変わっていて、虫を可愛がるのです。なかでも毛虫をとくに可愛がっていました。明け暮れには耳はさみをして、毛虫を手のひらにのせて見守っているというから徹底しています。前に垂らしている髪を耳の後ろへ挟むことを耳はさみといって、いろいろ立ち働かないといけない時にするのです。仕えている若い女房たちは気持ち悪がって、逃げたりするので、姫君の部屋はいつも大騒ぎです。

「物事は、その本質を知らないといけない。花や蝶をもてはやすのはおかしなこと。花だって種からきちんと見ないといけない。上っ面《うわつら》だけの美しさに気をとられていてはダメ。さあ、毛虫の変化する様子を見ましょう」

姫君はそんな屁理屈《へりくつ》をいって、にらむのです。〈眉《まゆ》さらに抜き給はず〉とありますから、当時としては異様な格好です。王朝時代の姫君は、十三、四歳になると、眉を抜いて、掃墨《はいずみ》という墨で眉を描くのが普通です。遠山のようにほんのりと描く人もあれば、太く描く人もいます。それに、〈歯黒《はぐろ》め、さらにうるさし、きたなしとて、つけ給はず〉、面倒くさくて汚いからお歯黒もしていません。そして、そのころの女性は紅の袴《はかま》が普通でした。若い女性は濃く染めた、ほとんど黒に近い赤の袴をつけ、年をとるほど、薄い色になっていくのです。ところが姫君は、普通男がつける白袴を好んではいていているのです。すべてにわたって風変わりです。

親たちは心配しています。

「按察使大納言家の姫君はとても風変わりで、毛虫を可愛がっているという噂がたったら、世間への聞えが悪いではないか」

「そんなこと気にしません。私はただ自然の理《ことわり》を求めているだけです。万物の変化を知ってこそ、真実がわかるのです。絹だって蚕がつくりだすのです。蝶になってしまったら何の役にも立ちません」

これには、親たちも返す言葉がありません。

若い女房たちは、隣の屋敷にお仕えしたいとか、毛虫くさい思いをするなんて、とかぼやいています。それを年寄り女房がたしなめます。

「何をいってるのですか。蝶を可愛がる方だからといって、すばらしくはありません。蝶を捕まえると、鱗粉《りんぷん》がついてしまうし、病気をもたらすそうですよ」

姫君は虫を捕まえてきた男の子たちに褒美《ほうび》を与えます。普通の名前はつまらないといって男の子たちに虫の名をつけています。それぞれの名前が振るっています。オケラからとって「けらを」、ヒキガエルから「ひきまろ」、イナゴから「いなごまろ」。この小説では虫の名前が十種類ばかり出てくるので、作者はおそらく男性だろうといわれています。作者自身も虫が好きだったのでしょう。理科に強い人は王朝時代にもいたのですね。

姫君はさまざまな虫を虫かごに出し入れさせます。知らない虫は男の子に名前を聞き、新しい虫には自分で名前をつけます。

その噂を聞いて、ある貴公子が興味と関心を持ちます、少し驚かせてやろうと企《たくら》みます。ヘビの作り物をうろこのような模様の懸袋《かけぶくろ》に入れて、動くような仕掛けもして、歌につけて贈り物にしました。

なにげなく若い女房が袋を開けると、ヘビがかま首をにゅっともたげます。ギャーッといって、女房たちはみんな逃げ去っていきます。

「どうしてこんなことで驚くの。もしかしたらこのヘビは私の前世の親かもしれないわ」そういいながらも、実は自分が一番驚いているので、声を震わせています。立ったり座ったり、蝶のように落ち着きがありません。

平生の理屈っぽさと女の子らしい怖がりようの対比がとても可愛いのです。このあたりの描写からすると、男性ではなく、女性が書いたのかもしれないとも私は感じます。

按察使大納言のところへ女房の一人が急を告げます。

「おまえたちは姫を一人残して、逃げてきたのか。けしからん」

父君は太刀を引っさげて駆けつけました。王朝の貴族というと、光源氏のような優美な人を想像しがちですが、貴族とはいえ一家のあるじ、いかにも男らしくて、頼もしいですね。

「つくりものじゃないか！　風変わりなことばかりしてるから、こんなふうにからかわれるんだ。手紙が入ってるから、適当に返事しなさい」

その手紙は〈はふはふも君があたりにしたがはむ長き心のかぎりなき身は「ヘビが這《は》うように、這いながら貴女のおそばに寄っていたいと思っています」〉

姫君はごわごわした白い紙に漢字と片仮名まじりで認《したた》めました。女性は「薄様」という色を染めた便箋《びんせん》に平仮名で書くのが普通です。

こんな風変わりなことをする女の人はどういう顔をしているのか、ぜひ見たいと思った貴公子は友達と相談して趣向を凝らします。

按察使大納言が出かけたすきを見計らって、身分いやしい女の格好をして、貴公子たちは姫君の部屋の立蔀《たてじとみ》のもとで様子をうかがいます。すると草木のあたりを歩いていた男の子たちが、この木に面白い毛虫が無数にいて、選ぶこともできないので、こちらへ来てくださるよう姫君に言います。姫君は御簾《みす》をはねあけて、身を乗り出してきました。これは姫君としてはあるまじき行為ですね。

貴公子の見るところ、姫君は眉は抜かずに、生まれたままの眉でした。口元は可愛くて愛嬌《あいきよう》があったけれど、歯が白かったとがっかりしています。お歯黒をしていないと色気がないとされていたのです。唇の内側にほのかに見える黒は女性の神秘と色気を示唆《しさ》しているのかもしれません。そんな風体ですが、醜くはなく、気高くて際立っていました。化粧をしたら、さぞきれいだろうに、と思われました。

男の子たちが虫を突き落とすと、はらはらと落ちます。男が持つような白い紙の扇を差し出し、姫君は載せるよう命じます。しかも漢字の手習いをしたのか、墨で真っ黒になっています。貴公子たちもこれにはあきれました。そのうち御簾の外に出てきて、大騒ぎしながら毛虫を払い落とし始めました。

その時ようやく男の子や女房たちが彼らに気づいて、姫君に急いで中に入るよう言います。姫君は素早く身を翻《ひるがえ》すのですが、抜かりなく毛虫を全部袂《たもと》に拾い入れました。

貴公子が何もしないで帰るのはもの足りないと、姫君に歌を贈ります。

〈かは虫の毛ぶかきさまをみつるよりとりもちてのみまもるべきかな「貴女《あなた》の生まれつきのままの太いゲジゲジ眉を見て、私までが毛虫が可愛くなり、手の中へ入れたくなりました」〉

姫君に恋していることを婉曲《えんきょく》に言ったわけです。姫君が返事をしないので、気の利《き》く女房が返歌をします。

〈人に似ぬ心のうちはかは虫の名をとひてこそいはまほしけれ「普通ではない私の心の中は、名を問うて聞いてからいいたいと思います」〉

それを見た貴公子は、〈かは虫にまぎるるまゆの毛の末にあたるばかりの人はなきかな「毛虫に見間違えるあなたの眉毛の、毛先ほどさえあなたに似た人はいません

よ」〉

ここでこの物語は突然終わります。最後の一行は〈二の巻《まき》にあるべし〉となっていますが、二巻なんてありません。この後はどうなったのだろうと読者の興味を引き立てます。これも一つのテクニックといえるでしょう。

最後は「はいずみ」です。「虫めづる姫君」にも出てきましたが、掃墨というのは、胡麻《ごま》や菜種の油煙を掃き集めてつくった、眉を描く墨のことです。

下京あたりに、身分の卑しくない男が住んでいました。彼の妻は、自分の財産とてもない女でした。女は自分の両親の屋敷で十分に庇護《ひご》され、そこへ男を通わせるという形で男と女は関係を持つのが通常です。この妻はおそらく親兄弟に死に別れ、家屋敷も失ったのでしょう。しかし、男は愛情を覚え、数年のあいだ一緒に仲よく暮らしていました。

ところが、懇意にしている人のもとを訪れているうちに、男はその家の娘にほだされて、いつの間にか通うようになりました。

娘の親は男にこういいます。

「うちの娘は、娘に熱心で妻のいない男を夫に持たせるつもりだった。あなたが通ってきたのは縁と思ってあきらめるけれど、あなたは妻を持ちながら私の娘にも通っていると噂《うわさ》されている。二心《ふたごころ》なくうちの娘を愛してくださるなら、その妻と別れてうちの娘をあなたの屋敷に連れていってほしい。そうでないと我々も安心できない」

まるで現代の結婚みたいですね。やはり新しい人に惹《ひ》かれるのでしょうか。男はそれを承知するのですが、妻にどう切り出したものか悩みながら屋敷へ戻ってきます。やつれて、ものもいわずにいる妻を心苦しく思いながら、男は話し始めます。

「実はこんなふうな話になってしまった。向こうは、土忌《つちい》み――家を建てたり、工事をする時に、その土地の地霊のたたりを恐れて、別のところに仮住まいするのです――のためにここへ来たいと言うんだ。もちろん、それが過ぎれば、またあちらの屋敷へ帰るが、どう思われますか？　どこかほかへ行かれますか。いやかまうことはない。どこか端の部屋にいればいい」

「わかりました。私はどこかに行きましょう」

妻はかねて夫の新しい恋を知り、「もう終わりだ。つらい思いをする前にここから去ってしまおう」と思案していたのです。

男が出て行ったあと、女はたった一人の女房と泣きながら過ごします。出ていく姿を新しい妻に見られるのは、いかにも追い出されたようだから、まだ来ないうちに出発することに決めます。大原にあるいまこの屋敷にとりあえず身を寄せることにしました。いまことというのは、前に仕えていた女房の名前のようです。

新しい妻が来る前日になりました。妻は内心では男に送ってほしいのですが、それを言い出すこともできず、牛車を借りるため、男に使いを遣わします。すると、せめて見送ろうと、男は自ら馬を引いてやってきます。牛車は牛の都合がつかなかったそうです。どうやら現代の自家用車と同じで、貸し借りするものだったようです。

男は妻が馬に乗るのを手助けします。あらためて妻を見ると、髪もつややかで、横顔といい、しぐさといい、本当に美しい。

男はたまらなくなり、「送っていこうか」と言うと、「すぐそこですから。馬はすぐにお返しします。ここでお待ちください」と女は答えます。

男はしばらく馬が帰るのを待っていたのですが、いつしか寝入ってしまいます。

男は小舎人童《こどねりわらわ》を一人つけてくれました。召使の女房の案内により馬を引いていきます。少年ながらに小舎人童は気の毒に思っています。というのは、奥方は門を出るなり、ひっきりなしに泣いていたからです。しかも、すぐそことといっていたはずなのに、ずいぶん遠くまで行くのです。

とうとう京の町を出外れて、大原までやってきました。現在でも京都の市街地から大原は少し距離があります。当時だと、本当に京の果て、山の中に入ったような感覚でしょう。行き着いたところは、見るもいぶせき（うっとうしい）あばら家でした。

少年は心から驚きます。

「どうしてこんなところにお住まいになるんですか」

「早く馬を引いて帰りなさい。殿によろしく申し上げて」

「どこに住んでいるのかと殿に尋ねられたら、どう申し上げればいいのですか」

女は涙ながらに答えます。

いづこにか送りはせしと人問はば心はゆかぬ涙川まで

この歌の元歌は『伊勢物語』の「いづこまで送りはしつと人問はば飽かぬ別れの涙川まで」というのですが、『堤中納言物語』の歌のほうがより哀切なので、よく知られています。

男がしばしのまどろみから覚めてみると、月は山の端《は》近くに傾いています。どこまで行ったのだろう、と思っているところに、小舎人童が帰ってきます。男がすぐさま、どこまで行ったのかと尋ねると、小舎人童は言われた通りに答えます。

自分の前で泣かなかったのは平気なふりをしていたのかと気づいた男はもうたまりません。何という心ないことをしてしまったんだろう。新しい女の愛に引かれて、大事な妻を捨ててしまうところだった。とてもあの人とは別れられない。男は小舎人童を供にして、夜が明けないうちにと大原へ急ぎます。たどり着いたのは、本当に小さなあばら家でした。男は哀れに思い、戸をたたいて、呼びかけます。

涙川そことも知らずつらき瀬を行《ゆ》きかへりつつながれ来にけり

家の中で泣き伏していた女は、その声が夫に似ているので驚きました。不思議に思いながら女は戸を開けるのですが、その顔はすぐに新たな涙に濡《ぬ》れてしまいます。夫が迎えに来てくれるなんて信じられない思いです。夫は女を馬に乗せて家へ連れ帰りました。

これからは決して向こうには行かないと、もとの妻といつも一緒にいます。女は夢のようだと喜びます。新しい女のほうには、「ここに住んでいる人が急に病気になったので、いらしても不吉でしょう。病気が治ればお迎えにいきます」と言い訳していました。

ところが、しばらくするとまた、新しい女のことが心配になってきました。この夫はかなりせっかちで、そう思うとすぐに、昼間なのに向こうの屋敷へ出かけていきます。

男が来たのを見た女房が、告げると、女は大急ぎでお化粧を始め、女房たちに少し待ってもらうように言います。ところが慌《あわ》てていたものですから、鏡も見ずに白粉《おしろい》を顔に塗りました。

さきほどもいいましたが、男はせっかちなので、「久しぶりだからといって、そんなにじらすなよ」と言いざま、部屋の中に入ってきます。女は口元を袖《そで》で隠して、眼がきらきらしていました。女はきれいにお化粧したと信じこんでいます。

ところが、男が見たのは、顔中真っ黒の女でした。白粉と掃墨を間違えたのです。何だこれはと動転しながら、男は逃げていきます。

久しぶりに訪れてくれたというので両親がやって来ますが、すでに帰ったと聞いて、男の薄情さを恨みます。ところが娘の顔を見ると、二人ともおびえて卒倒してしまいます。

女が慌てて鏡を見ると、真っ黒な自分の顔が映っているではありませんか。家のなかは大騒ぎになります。どうしてこんなことになったのかと姫君は一人で泣くのですが、姫君の乳母がふと見ると、涙の跡が白くなっています。急いで姫君の顔をぬぐうと、すぐ元通りになり、みんなほっとしました。

〈かかりけるものを、「いたづらになり給へる」とてさわぎけるこそ、かへすがえすをかしけれ〉という言葉で、「はいずみ」は締めくくられます。この物語の作者はかなり手練の人です。初めに泣かせておいて、後でどっと笑わせる。これはもう近代の短編小説といっても少しもおかしくありません。

今昔物語集

女はやっぱりしたたか

『今昔物語集』は千篇以上の説話が収められた短編集です。タイトルは、すべての話が、「今は昔」という言葉で始められ、〈語り伝へたるとや「という話でしたよ」〉という言葉で終わることに由来します。地理的に三部構成になっていて、天竺《てんじく》部、震旦《しんたん》部、本朝部、それぞれインド、中国、日本を舞台にしています。本朝部はさらに仏法と世俗に分かれています。仏教を信ずると御利益《ごりやく》があるという仏教鼓吹の物語と世態人情を描いた物語です。原本は漢字まじりの片仮名で書かれています。儒学を学び、仏典にも造詣《ぞうけい》の深い僧侶《そうりょ》が著者、もしくは編者なのでしょうか。

『今昔物語集』が成立したのは十二世紀初めといわれています。王朝の栄華はいまや夕暮れの闇《やみ》に沈もうとし、かなたからは、中世の曙光《しょこう》が差し初《そ》めている時代です。馬《ば》蹄《てい》の音をとどろかせて、武士が社会の表舞台に駆け登ってこようとしています。生々潑剌《はつらつ》たる生命力を持った庶民が台頭してきます。そういう時代の、まことに元気のいい日本人の姿が書きとどめられています。

『源氏物語』は貴族社会を舞台にした長編ですが、『今昔物語集』には、天皇や妃だけではなく、金持ち、侍、商売人、僧侶、泥棒と、さまざまな人が登場し、社会のさまざまな層から面白い物語を集めています。『源氏物語』と『今昔物語集』はまったく対照的な作品ですが、面白さでは優劣がつけがたいものがあります。もし絶海の孤島に流されることになったら、私はこの二冊を持って行きます。その『今昔物語集』から、私の好きな短編のさわりをご紹介します。

まず最初は女性が活躍する説話です。平中《へいじゅう》こと平定文《たいらのさだふん》という人がいました。彼は平安中期に実在した人物で、皇族の血を引く歌人です。ハンサムで、姿形もすらりとし、とても女性にもてました。彼を主人公とする『平中物語』という恋愛物語は、大いに人気を博しました。

ハンサムでもてたというと、『伊勢物語』の在原業平《ありわらのなりひら》を連想しますよね。でも、業平の歌物語は哀切で、ロマンチックなのですが、平中の物語はなぜかコミカルなものが多いのです。『今昔物語集』に収められているこの話もそのひとつです。

平中は大層な発展家です。人妻でも、姫君でも、女房たちでも、平中に言い寄られない女性はいませんでした。

あるとき、本院の大臣《おとど》――藤原時平のことです――の屋敷に仕えている侍従の君という女房が、とても美人ですばらしいという噂《うわさ》を聞いた平中は、さっそく恋文を書きます。歌人ですから、いかにも女心をそそるようなことが、そめそめと書かれていたことでしょう。

ところが、全く返事がありません。恋文をつけて断られたことは一度もないと自負する平中は嘆きます。ついに平中は、「これだけ心を尽くして、あなたを思う気持を訴えてきたではありませんか。せめて、私の手紙を見たとだけでもおっしゃってください」と泣かんばかりの調子で手紙を書きます。

しばらくして、使いが返事を持ってきました。あわてて出てきた平中が、手紙を開いてみると、「見たとだけでもおっしゃってください」と平中が書いたなかの「見た」というところを切り抜いて、薄い紙に貼《は》ってあるだけでした。

平中はがっかりして、妬《ねた》ましいやら、恨めしいやら、もうあんなやつのことは思い切ろうとします。これが二月の末のことでした。

とはいいながらも、平中は、侍従の君のことが忘れられません。そうこうするうちに、五月の二十日過ぎ、しとしとと五月雨《さみだれ》が降る夜のことでした。こういう夜に忍んでいけば、鬼の心を持つ人でも哀れと思ってくれるだろうと平中は思案します。本院の屋敷に忍んで行き、かねが ね取り次いでくれていた少女を呼び出します。

「雨をついて、濡《ぬ》れそぼって来たんだ。この真心だけでも訴えておくれ」

しばらくして少女が帰ってきました。

「ただいまはご主人様のところにいて、みなさんもまだおやすみではないので、私一人抜けることはできません。しばらくそこでお待ちください。後に参ります、とのことです」

平中は大喜びです。しばらく暗い戸のところで忍んでいました。

やがて、屋敷の灯が一つ、二つと消えていきます。皆寝静まったと思われるころに、密《ひそ》かな女の足音が聞こえ、掛金をそっと外します。

平中が暗い中でそっと押してみると、戸があきました。そこは侍従の君の部屋です。平中はうれしさのあまり、心臓が口から飛び出しそうになります。どうやら女が臥《ふ》せっているようです。近寄り、手探ってみると、氷のように冷たい女の髪に触れます。女の髪の冷たいのは、とても色っぽいものなのだそうです。平中は思わずふるえて、ものもいえません。

ところが女は小さな声で言います。

「向こうの戸の掛金をかけるのを忘れてしまいました。ちょっと行ってまいります」

「早く帰ってきてください」

女は立ち上がり、着ている小袿《こうちぎ》を脱いで、小袖《こそで》と袴《はかま》だけの姿で出ていきます。これはいまだと下着姿ぐらいの感じです。またここへ戻るというしるしです。

向こうで掛金をかける音がコトリとしました。平中はいまか、いまかと待っていました。ところが、足音はこちらへは来ずに、奥に向かっているようです。しばらく待っていたのですが、そのあとは何の音もしません。あまりに遅いので平中が調べてみると、戸の掛金は向こうからかけられていました。見事に逃げられたわけです。

平中は頭を殴られたようなショックです。朝までここにいつづけて、侍従の君に浮名を流させ、恥をかかせてやろうかとも思いましたが、しだいに夜が明け、みんなが起きる物音がしてくると、まさかそうもできません。よろぼいよろぼい帰りました。

それ以後も、どうしても侍従の君を忘れられず、恋しさがなお募るばかりです。そのとき平中は妙なことを思いつきました。

「いくら美人でも、食べもすれば排泄《はいせつ》もするだろう。彼女の排泄したものを見れば、興ざめして、恋心もやむかもしれない」

密かに侍従の君の部屋のあたりで様子をうかがいます。すると、侍従の使っている十七、八歳のきれいな女が、香染の薄絹に包んだ漆塗りの箱を大事そうに捧《ささ》げて、それを赤い扇で隠しながら、しずしずとやってきます。香染というのは丁子《ちょうじ》で染めたものので、紅色を帯びた黄色のことです。瞿麦重《なでしこがさね》の袙《あこめ》に濃い袴を引き上げています。若い女性は紅を濃く染めた袴、年配の女性は明るい赤の袴をつけるのが決まりです。

あれだと思った平中は、人目のないところで箱を奪います。少女が泣きながら追いかけてきますが、男の足には追いつけません。平中は人のいない小屋に閉じこもって、鍵《かぎ》をかけてしまいます。少女は小屋の外で泣いています。

ベルサイユ宮殿にはトイレがないということを『ベルサイユのばら』で知ったときは驚きましたが、平安時代の建物にもトイレはありませんでした。貴族はしかるべき箱――きれいに漆を塗ったり、螺鈿《らでん》が施してあるのまであったそうです――に用をたして、樋洗童《ひすましわらわ》がそのたびに捨てに出たのです。

箱をあけようとする平中の手は震えます。ところが、あけた途端に鼻を打ったのは、例のけしからぬ臭《にお》いではなくて、むせかえるような丁子の香です。黄色い液体の中に、固体が三切れほど浮かんでいました。親指ほどの大きさで、黄色に黒みがかっています。平中はそのへんにあった木切れでそれを突き刺し、鼻にあてて嗅《か》ぐと、さらに芳香が舞い立ちます。それは黒方《くろぼう》という香料の香りでした。

「あの人は人間ではない。あの人のだったら、飲んでも苦しくない」

平中が箱を引き寄せ、その黄色い液体を飲むと、口いっぱいに丁子の香りが広がりました。そのとき、はっと気づきます。それは尿ではなく、丁子を煮かえした汁だったのです。木切れでついた先をなめてみると、甘くて、苦くて、これもいいにおいがしました。これは野老《ところ》と練り香を甘葛《あまずら》に練り合わせたものを太い筆の軸に詰めて押し出したものでした。

平中はつくづく思います。

「これぐらいのいたずらは誰だってするかもしれない。だけどおれが箱を奪って、なかを覗《のぞ》くなんて、どうして思いつくのだろう。この心ばえはこの世のものとは思えない。この女をものにせずにはいられない」

物語の結末は、恋患《わずら》いがもとで、平中は病にかかり死んだことになっています。『宇治拾遺物語』にも同じ話が収録されていますが、こちらは、本当に恥ずかしくて、いまいましかったと平中は秘《ひそ》かに人に語ったそうだ、というのが結末です。

この侍従の君は、王朝物語には絶対出てこないタイプの女です。とてもしたたかですね。もしかしたら、平中のことを朋輩《ほうばい》に話して、笑っていたのかもしれません。

したたかな女の話をもう一つご紹介します。女盗賊の話です。

京の夕暮れどきに、三十歳ぐらいで、背がすらっとした侍が町を歩いていました。王朝時代の侍は烏帽子《えぼし》をつけ、狩衣《かりぎぬ》か水干《すいかん》を着ています。藁《わら》の草履を履き、腰には刀をつけていたでしょう。

とある家の半蔀《はじとみ》——格子戸《こうしど》の上半分を開閉できるようにしたもの——からネズミ鳴きの音がします。ネズミ鳴きというのは、舌先で音を立てて、人の注意を引くしぐさです。見ると、女が手招きしています。

侍がそばへ寄っていくと、女は話したいことがあるので、そこの戸から入るよう言います。中に入ると、女は御簾《みす》の内に招きます。御簾の中に入れるのは、夫や親、兄弟、息子、そういう身内の男たちだけです。全く見ず知らずの人にそういわれて、青年は困惑したことでしょう。

〈「上《あがり》て来《こ》」と云ければ、男上にけり。簾《すだれ》の内に呼入れたれば、糸吉《いとよ》く〉

その次の文字は、どの本でも欠字です。『今昔物語集』は、話が途中で途切れたり、ところどころ字が欠けているところがあります。全部で三十一巻なのですが、八巻、十八巻、二十一巻はいまのところ欠巻です。将来どこかから出てくるかもしれません。

〈糸吉く□たる所に、清気《きよげ》なる女の、形ちは愛嬌付《あいぎやうづき》たるが年二十《としはたち》余許《あまりばかり》なる〉。「清気なる」というのは、美しいと同義語です。

〈只独《ただひと》り居て、打咲《うちゑみ》て□ければ、男近く寄にけり。此許《かばかり》女の睦《むつ》びむには、男と成《なり》なむ者の可過《すぐすべ》き様《やう》無ければ、〉

男の人の考えることは、王朝時代も現代と変わりません。にっこりして、ねえ、なんて言われたら、そのまま見過ごしにはできません。

〈遂《つひ》に二人臥《ふし》にけり〉

非常に簡潔な描写で、男が書いたような印象を受けます。これが『源氏物語』だと、ここへ来るまでに、かなりの量の文章が費やされます。

男はすっかり夢中になってしまい、日の暮れるのもわからなくなりました。そうするうちに、門を叩《たた》く人がいます。ほかに誰もいないので、男が戸を開けると二人の侍、女房のような女、召使の女、この四人が食事を運んできました。男は、不思議に思います。女が外に合図をした様子も、使いを出した様子もないのに、ころ合いを見計らって食事を持ってきたのです。しかもちゃんと二人分。

別の夫がいるのだろうかといぶかりますが、空腹には勝てなくて、男はたくさん食べます。女も男に遠慮せずよく食べました。でも、〈男にも不憚《はばから》ず物食ふ様《さま》、月無からず〉とありますから、見苦しくはなく、似つかわしく見えたのです。

物を食べる行為が似つかわしいというのは、王朝末期になって生まれた発想です。

清少納言は『枕草子』に、「宮仕えする女房の恋人が、女房の部屋で物を食べるのは、とてもみっともない」と書いています。つまり、恋の場と物を食べるところは別だったのです。それが、この時代には、そうではなくなってきているのです。

二人はふたたび楽しく共寝をします。朝になり、またもや門がたたかれ、昨夜とは別の人たちが朝食を持ってきます。引き続き、昼の食事も持ってきます。

当時は一日二食が一般的でした。けれども、力仕事をする人は三食食べていたようです。実はこの人たちの力仕事の中身が後でわかるのですが……。

またたくうちに数日が経《た》ち、楽しいときを過ごしました。でも、監禁されているわけではありません。ちょっと行ってきたいところがあると男が言うと、女はきちんとした装束を男に着せ、馬と従者を二、三人つけてくれました。この従者たちはとても気が利《き》いていました。男が所用を終えて帰ってくると、女が何も言わなくても、馬も従者もどこかへ去っていきます。

こんなふうにして二十日ほど過ぎると、女が話しかけます。

「思いも寄らなかったけど、こうなるべき縁があって夫婦になったんだわ。あなた、生きるとも死ぬとも、私の言うこと何でも聞いてくれる？」

すっかり女のとりこになっていた男が、「生かすも殺すもあなたしだいだ」と答えると、女は男を奥の別棟に連れていきます。男の髪を縄で縛り、体を板ぎれにくくりつけ、背中をむき出しにさせて、逃げられないように足を曲げて縛ります。いつの間にか烏帽子に水干という男装姿になった女は、片肌脱いで、笞《むち》で男の背中を八十回打ちます。

「どう？」

「大丈夫だ」

男は歯を食いしばりながら答えます。我慢するのが女への愛のあかしのように感じていたのです。

「やっぱり素敵だわ。私の思ったとおり」

女は縛《いまし》めをほどいて、かまどの土をお湯で溶いたものと、上質の酢を男に与えます。これは血どめ薬だそうです。介抱して二、三日たち、傷がもとどおりになると、またもや笞で打ちます。背中を八十回打ったら、肉が破れて、血が流れました。ふたたび介抱して、四、五日後、同じように背中を打っても平気なので、仰向けにして腹も打ちます。それでも大丈夫だと答えると、女は大層褒めて、男を懇《ねんご》ろに介抱しました。

この女はサディストなのでしょうか。

男の傷が癒《い》えると、ある夕暮れ、女は黒い水干を男に着せます。そして、弓矢、藁《わら》沓《ぐつ》などを与えて、こう言います。

「蓼中御門《たでなかのみかど》のところへ行って弦打《つるうち》をして口笛を吹きなさい。口笛を吹いて応じる人が現れるから、ついて行きなさい。誰だと訊《たず》ねられたら、『侍り《はべ》』とだけ答えるの。ほかのことは一切言ってはだめ。仕事が済んだら船岡山に集合。獲物はそこで分配されるけど、あなたは絶対受け取ってはだめ」

仕事の内容がなんとなくわかりましたが、ここまで来ては引き返せません。蓼中御門へ行って、教えられた通りにしました。連れられて行ったところには、同じような格好をした人が二十人ほど集まっていました。少し離れて色白で小柄な男がいましたが、皆かしこまった様子でぺこぺこしています。どうやらあれが大将のようです。ほかにも手下が二、三十人いました。

やがてみんなを引き連れて、大きな屋敷へ押し入ろうとします。事が起こったとき、他所《よそ》から助けが来ないように、近くの屋敷の門の前にも二、三人ずつ立たせます。男は手強《てごわ》そうな屋敷の門に配置され、中から人が出て来ようとするのを弓で防ぎました。盗み終わると、一行は船岡山へ引き揚げ、奪ったものをそれぞれに分配します。男にも与えられましたが、言われたとおりに断りました。その返事を聞いて、頭目らしき男はとてもうれしそうでした。

そういう仕事が二度、三度と重なります。初めは良心の呵責《かしやく》を感じていた男も、女への愛に引かれて、いつの間か麻痺《まひ》してしまいました。男はだんだん腕を上げ、太刀を持って屋敷へ押し入る役目を言いつけられるようになりました。

ある日、女は、そういう男に心を許したのか、こう指示します。

「六角小路の北の何々というところに私の蔵があるの。その蔵から、目ぼしいものを選んで荷造りして。そのあたりには車貸しが大勢いるから、それに運ばせてください」

この時代にもう、運送業者がいたのです。言われたとおりに行くと、蔵の中に見事な品物がぎっしり積まれています。男は、そのなかからこれぞと思うのをより出して運んできました。それを好きなように使って、女と二人で暮らしていました。

あっという間に一、二年が過ぎ去ります。ある日、女は心細げに泣いています。男がどうしたと訊《たず》ねると、

「こうして一緒に暮らしてきたけれど、逢《あ》うは別れの始めって言うじゃない？　いつか心ならず別れるときがくるかもしれないと思うと悲しくて」

「そんなことはない。おれたちは一生こうして一緒にいるよ」

男はそう慰めましたが、実はさほど気にとめませんでした。単に女らしい感傷だと思ったのです。

あるとき、男に用ができて、出かけようとすると、いつものように馬と供の者をつけてくれました。二、三日帰れそうになかったので、供の者も馬も留め置いたのですが、次の日の夕方になると、お付きの人も馬もどこにもいません。不審に思い、急いで家へ戻ると、家は跡形もないのです。夢を見ているような気持ちで、六角小路の蔵のあったところへ行くと、蔵もありませんでした。

男は女の言葉に思い当たりますが、どうしようもありません。すっかり習い性になっていたので、男は自分で盗みをするようになりましたが、そのうち捕らえられてしまいます。取り調べに際し白状したのが、いままでの話です。男は思います。「あの女は変化の者だろうか。一晩のうちに家や蔵がなくなる。そんなばかなことがあるはずがない。集まった者達も誰なのかまったく分からない。でも、たった一度だけ、頭目の顔が松明《たいまつ》で見えたことがあった。とても色白だったが、私の妻にそっくりだった」

まるで日本のアラビアンナイトです。芥川龍之介、新田次郎、海音寺潮五郎の各氏がこの説話を題材にして小説を書いています。芥川龍之介の『鼻』や『羅生門』は有名ですけれど、ほかにも幸田露伴、室生犀星《むろうさいせい》、菊池寛など、さまざまな人が『今昔物語集』をヒントにして作品を書いています。

現代では、母親が産んだ子供を捨てるという怖い事件がときどき起こりますが、『今昔物語集』にも、一人で出産して、その子を捨てようとした女の話があります。

あるところに宮仕えする女がいました。父母も親類もなく天涯孤独で、行くところもないので、いつも局《つぼね》にいます。病気にかかったりしたら、どうしようと心配しています。

ところが、これと決まった夫はいないのに、女は懐妊してしまいます。相談する人もいないし、御主人にも恥ずかしくて言えません。悩み抜いた末、出産しそうになったら、彼女に仕えている女童《めのわらわ》を連れて、どこか山の中へでも行って産み落とそう。自分の命がなくなればそれでもいいし、命をとりとめたなら、何くわぬ顔をして帰ってこよう、と考えつきます。

ある明け方近くに女は産気づきます。夜が明けないうちにと、あらかじめ用意しておいた食べ物などを女童に持たせ、急いで出て行きます。とにかく山に近いのは東だと、東を指して進みます。

賀茂川を越えたあたりで夜が明けました。北山科まで来ると、一軒の荒れ果てた山荘が目につきます。人の住んでいる気配はありません。

「よかった。これでやっと子供が産める」と、中に入って休息していると、奥から老《ろう》婆《ば》が出てきます。きっと追い出されるだろうと思ったのですが、老婆は微笑《ほほえ》みながら、どうしてここにいるのか訊ねます。女が泣きながら事情を説明すると、老婆は親切にこう言ってくれました。

「可哀想《かわいそう》に。ここでお産みなさい」

これも仏様のおかげだと、女はとても喜びます。案じていたよりも安らかに、無事男の子が産まれました。老婆は言います。

「私は歳《とし》も歳だし、片田舎の独り住まいなので、産の穢《けが》れも一向にいといません。七日ほど、ここにいてから帰ればいい」

当時は、死や出産は穢れになるので物忌《ものい》みをしなければなりません。出産の物忌みは七日間でした。

女童に湯を沸かしてもらい、産湯《うぶゆ》をつかわせました。女は一安心です。しかし、産まれた子がとても可愛《かわい》かったのは、計算違いでした。山中に捨てて、何食わぬ顔をして帰るなどとは、もはや考えられません。

二、三日ほど過ぎました。女が昼寝していると、老婆が子供を見ながら、「何とうまそうな赤子だろう。一口だわ」と言うのが、夢うつつに聞こえました。眼を覚まして老婆を見ると、女は思わずゾーッとします。乱れた髪といい、鋭い光をたたえた細い目といい、まさに鬼そのものです。「鬼だったのだ。きっと食われてしまう」、女はひそかに逃げようと考えます。

幸いなことに、ある時老婆が長い昼寝をしました。女童に赤ん坊を抱かせて、自分も取るものもとりあえず、山荘からまろぶように逃げ出します。いまにも老婆が追いかけてくるのではないかと怖《おそ》ろしかったのですが、仏を一心に念じて走り、ほどなく粟田口《あわたぐち》に至りました。

人の家を借りて、衣を直したりして、日が暮れてから、主人のもとに戻りました。子供は人に預けることにし、そののちは、その子の成長を楽しみに過ごしました。女は虎口を逃れて赤ん坊を得たのです。

こんどは老人の医者をだました女の話です。

医療に携わる典薬寮の長官で、都では随一という名高い医者がいました。妻を三、四年前に亡《な》くしていますが、老いてなお盛んな、好色な男でした。

ある春の夕方、一台の牛車がこの医者のところへやってきます。どちらさまですかと尋ねても返事もしません。かまわず奥へ入ってきて、車を停めます。供の者達が門のところに控えます。そして、誰とは名乗らずに、こう言います。

「しかるべきところに部屋をお願いします」

そう言う女の声が可愛らしかったので、医者は急いで部屋を用意させます。女は扇で顔を隠しながら車を下ります。十五、六歳ぐらいの女童が車から蒔絵《まきえ》の箱を持ってきます。車は供の者達が引いていきました。

医者がどういうわけか尋ねると、女は部屋の中に入るよう促します。向かいあって女を見ると、年のころは三十近く、とても美しく、愛嬌《あいきよう》たっぷりです。医者は不思議に思ったものの、この女は自分の思うままになるはずだと、歯もなくしぼんだ顔に笑みを浮かべます。

「命をとりとめられるものならばと、恥を忍んで参りました。いまは私を生かすも殺すも先生しだいです。すべてをお任せします」

女は泣きながら言って、袴《はかま》の脇《わき》の隙間《すきま》を開けます。白い太股《ふともも》が少し腫《は》れています。その腫れの様子がおかしいので、袴を脱がせて見ようとしますが、陰毛のためよく見えません。手で探ると、命にかかわる腫瘍《しゆよう》でした。可哀想に思った医者は、手を尽くして治そうと決心します。その日から、たった一人で、朝から晩までたすき掛けで治療をします。

その甲斐《かい》あって、一週間ほどすると女はすっかりよくなりました。いまでは一日に五、六度、塗り薬をつけるだけです。医者はもう大丈夫だと安堵《あんど》します。「本当にありがとうございます。このご恩は忘れません。帰るときは車で送ってください。そのときに私のことをお話しします。これからもおうかがいしてよろしいでしょうか」

医者を見る目の色っぽいこと。医者のほうは、もとよりです。ところが、あと四、五日はここにいるだろうと医者が油断していると、ある夕暮れ、女は寝間着一枚で女童を連れて逃げていきました。そうとも知らずに医者が夕食を持っていったところ、返事がありません。部屋をのぞくと、荷物はそのままなのですが、女と女童の姿はどこにもなかったのです。医者の悔しがることといったらありません。地団駄踏んで泣きわめくのを、弟子たちはおなかを抱えて笑ったそうです。

こうしてみると、『今昔物語集』には、したたかな女がたくさん描かれているのがわかります。こういう生命力の強い女が私たちの先祖にいたと思うと、勇気が湧《わ》いてくるような気がします。

醍醐《だいご》天皇の母親の出生にまつわるロマンスです。

醍醐天皇は、その治世は延喜の治と崇《あが》められ、名君として後世の人々から慕われた天皇です。百年ほど後に生まれた紫式部の『源氏物語』の「いづれの御時」の時代設定は、醍醐天皇の御世だといわれています。この説話は実は、紫式部にも少し関係しています。

閑院の右大臣というのは、藤原北家隆盛の礎《いしずえ》を築いた藤原冬嗣《ふゆつぐ》のことです。たくさんの子供に恵まれましたが、六男の良門《よしかど》の子孫が後に権勢を得ることになり、良門流と呼ばれています。紫式部の父・為時は良門の子孫にあたり、紫式部も良門流なのです。その藤原良門に、高藤《たかふじ》という若君がいました。高藤は、父親に似て、とても鷹狩《たかが》りが好きでした。

その日も、南山科へ狩りに行くと、夕方、突然雷雨になりました。家来たちは散り散りになってしまいます。高藤はわずかに一人の家来を連れて、近くの大きな家に駆けこみ、雨をやり過ごそうとしました。すると、奥から四十ぐらいの男が出てきます。家来から高藤の身分を聞くと、そんなところでは失礼に当たるので、家の中に入るよう促します。

檜《ひのき》の天井に網代屏風《あじろびょうぶ》を立てた、こざっぱりした家でした。しばらくすると、酒と食事をもてなしてくれます。給仕してくれたのは十三、四歳ぐらいの少女でした。膝《ひざ》の裏あたりに届きそうな髪も美しくて、とても可愛いのです。高藤はその少女が忘れられなくなります。

夜になって眠るときに、そういうときの習わしなのでしょう。さっきの少女をよこしてくれるよう高藤は頼みます。やってきた少女を抱き寄せると、さっきより可愛らしく見えます。高藤は行く末までの愛を繰り返し繰り返し誓います。共寝をした明くる朝、帰り際《ぎわ》に太刀を与えます。

「親がよその男に嫁がせようとしても、そんなことはしないでおくれ。これを約束のあかしに置いていくから」

高藤はそう言い置いて帰りました。

途中で、若君を探しに来た一行に出会って、一同は打ちそろって屋敷へ戻ります。心配して一晩中寝ていなかった父の良門はとても喜びます。しかし同時に、それ以降高藤が勝手に出かけるのを禁じます。

高藤は外出がままにならなくなります。同行した舎人《とねり》も暇をとって田舎へ帰ってしまったので、あの屋敷の場所を知る術《すべ》もありません。そのまま何年も経ちました。

そのうちに、お父さんの良門は亡くなり、高藤は伯父である良房に養われます。聡《そう》明《めい》でよくできた青年だったので、これは将来ものになると、良房は大事に世話をします。あちらこちらから縁談が持ち込まれますが、高藤はあの雨宿りの一夜に会った姫君が忘れられません。妻をめとらずに五、六年が過ぎました。

そのころ、田舎から例の家来が上京してきました。さっそく高藤は召し寄せます。

「おまえはあのときの雨宿りの家を覚えているかい」

「もちろん覚えておりますよ」

「じゃ、早速にそこへ……」

二月の二十日頃でした。梅の花が散り乱れて、春の気配です。

思いがけなくやってきた高藤の一行の姿に、相手の父親が驚きます。高藤の言うのはただ一言です。

「あの子はいますか」

「います」

入って見ると、几帳の端に隠れているのは、前にも倍して美しくなった娘です。五つぐらいの可愛い女の子が隣に控えています。

「この子は誰?」と尋ねても、女は泣くばかりで答えません。不審に思って父を呼び寄せると、

「お帰りになった後で懐妊してできた娘でございます」

感極まった高藤がふと枕元《まくらもと》のほうに眼をやると、あの太刀が置いてありました。ますます想《おも》いを深くして、女の子をよく見ると、自分にそっくりです。高藤は母と子を自分の屋敷に引き取ることにしました。

高藤はその娘と添い遂げ、女はさらに二人の男の子を産みます。高藤の出世に従い、二人の男の子は、大納言《だいなごん》や右大臣にまで昇ります。娘のほうは、宇多天皇の女御に入《じゅ》内《だい》し、やがて皇子が生まれました。これがのちの醍醐天皇です。雨宿りのときに出会った可憐《かれん》な少女は、いまや天皇の祖母になったのです。

醍醐天皇は、このロマンチックな話がとても好きだったそうです。自分の母方の出所ということで、山科のあたりを懐《なつ》かしく思われたそうです。少女の父は、宮道《みやじ》の弥《いや》益《ます》といって、そのあたりの郡の長官でした。その家を寺にしたのが勧修寺《かじゅうじ》で、いまでも雨宿りのロマンスの跡だと伝えられています。

最後は芦刈《あしかり》説話を基にした哀切な物語です。

京の都に貧しい夫婦がいました。父母や親戚《しんせき》もなく、頼るところもありません。この時代は、女の後ろ楯《だて》である両親や兄弟が、夫の世話をして、身なりを整えたり、交際費などを負担します。それができないと、夫は宮仕えもできません。仕方なく、夫婦はある人の家に身を寄せ、仕えていました。しかし待遇は決してよくはなく、他の家に仕えてみたのですが、大して変わりありません。どうしても貧しさから抜け出せないのです。夫はさんざん悩んだ末に、女に相談をもちかけます。

「こんなに愛し合っている夫婦だけれど、一緒にいたら、二人とも落ちぶれてしまいそうだ。思い切って別れてみないか」

「でも、そんなこと……」と妻は泣き崩れます。「貧しさのあまりに二人とも飢え死にするのなら、それでいいではありませんか」

「まだ若い君にそれは可哀想だよ。二人とも思い切って新しい運命を切り開こう」

そうして二人は別れました。女は仕方がないので、ある屋敷に奉公し、誠心誠意働きます。女はまだ歳も若くて、美しく、教養もある人でした。主人にも北の方にも可愛がられます。そして北の方が亡くなると、主人は女を新しい北の方に据え、万事を任せました。

そうこうするうち、夫が摂津守《せっつのかみ》に任じられます。女は受領《ずりょう》の北の方となったのです。

夫の赴任とともに、北の方も女房たちを連れて摂津へ下ります。難波のあたりは一面の葦原《あしはら》でした。牛車を停めて、北の方や女房たちがその景色を喜んで眺めていると、葦を刈っている男たちが数多くいます。葦はとても用途が広くて、屋根を葺《ふ》いたり、壁にしたり、焚《た》き物にしたりしたのです。

そのなかの、ある男に、北の方は目をとめました。都びた顔だちの、どことなく上品な物腰の男です。別れた前の夫によく似ていると思って、よく見ると、紛れもなくその人です。彼はうまくいかなかったか、いかなる前世の報いだろうと北の方は嘆きます。そして、男を呼んでくるよう言いつけます。葦刈りの男は驚き、あわてて牛車の前にひざまずきます。

北の方が見ると、土に汚れて黒く、膝までしかないような粗末な着物をまとい、烏《え》帽子《ぼし》とはいえないようなものを頭に戴《いただ》いています。蛭《ひる》に食われた足は赤い跡だらけです。見るからにひもじそうなので、周りに言いつけて、食事や酒を与えます。よほどお腹がすいていたのか、男はがつがつと食べます。その様子を見るにつけ、北の方は涙ぐまずにいられません。

「葦を刈る男達のなかで、とくに哀れで、可哀想だから、この衣をあの男にあげて」

衣に、紙の端に書いた歌を添えます。

あしからじとおもひてこそはわかれしかなどかなにはのうらにしもすむ

「お互いによかれと思って別れたのに、どうしてこんな悲しい運命になって難波にさすらっているの」

それを見たときの男の驚きと恥ずかしさ。このまま消え入りたいと思います。でも、硯《すずり》と筆を借りて、返歌を書きました。

　きみなくてあしかりけりとおもふにはいとどなにはのうらぞすみうき

「君と別れて、少しもいいことがなかった。難波というところはつらいところだね」

北の方はそれを読んで、ますます哀れに悲しく思います。しかしながら、男はどこかへ走り去ってしまいました。北の方はこのことを一生胸に秘め、他人にあれこれ話すことはありませんでした。

王朝の哀切な別れ、出会い、さまざまな物語が収められている『今昔物語集』は、まさに日本の民族遺産です。紹介した話のほかにも、大変面白い説話がたくさんあるので、ぜひお読みください。

平安朝のオスカル

とりかへばや物語

王朝も末期になると、人々の精神に変化が生じてきたのでしょうか、『とりかへばや物語』は一風変わった物語です。『源氏物語』などと比べると、ずいぶん退廃的な雰囲気に包まれています。逆に野放図なエネルギーも感じられ、これはこれで面白いところのある作品です。

作者はまったく不明です。女の人の心理がよく描けているうえに、男性の痛いところをついているので、女性が書いたのではないかと私は思います。

十一世紀末から十二世紀初めにかけて成立したと思われる、古本《こほん》『とりかへばや物語』というのがあり、それをもとに改作された今本『とりかへばや物語』が十二世紀の中ごろから終わりにかけて成立します。私たちが現在目にするのは、新しい版のほうです。かつてはこういう退廃的な物語はタブーでした。戦後、そのタブーが除かれ、自由になってから読まれるようになった物語です。

『とりかへばや物語』は、一言でいうと、女として育てられた男と、男として育てられた女の物語です。まるで『ベルサイユのばら』のオスカルみたいですね。左大臣（物語の冒頭では権大納言《ごんのだいなごん》ですが、すぐに昇進します）には北の方が二人いて、それぞれ子供が一人いました。若君と姫君で、どちらも大変美しく、母親が違うのにもかかわらず瓜《うり》二つで、取り違えてしまいそうなほどでした。私は『とりかへばや物語』を子ども向けの物語に書き替えたことがあります。原典には個人名は示されていないのですが、なにしろ男と女が入れ替っているという、大変ややこしい話ですので、世間から男と思われている少女には「春風」、女と思われている男の子には「秋月」という名前をつけました。ここでもそれに倣《なら》うことにします。

屋敷の西の対と東の対、住むところは少し離れているのですが、二人は仲よく育ちます。春風は小さなときから活発で、男の子たちと鞠《まり》や小弓で遊ぶのが大好き。客たちが笛を吹いたり歌を謡《うた》っていると走ってきて、誰も教えていないのに、笛を吹いたり琴を弾いたりします。とても人なつっこいので、客たちはみんな可愛《かわい》がって褒めたり、いろいろ教えたりします。姫君だと聞いていたのは間違いだったのだとみんな思います。

一方、秋月は男の子なのに、小さいときからはにかみ屋で、人前に出るのが嫌い。漢籍や男子としての教養を教えても、関心がありません。お人形遊びやお絵描き、貝覆《かいおお》いなど女の子の遊びが大好きです。いつしか髪も背丈より長くなり、女の子の装束を身につけるようになります。

左大臣はあえてその誤解を解きませんでした。しかし内心では困ったものだと思い、できることなら若君と姫君を取りかえたいと考えていました。ここから『とりかへばや物語』というタイトルがつけられたのです。二人はそのまま、かたや男の子らしく、かたや女の子らしく育っていきます。

そのうち春風が学問の才や容貌《ようぼう》が優れていることが世間に知られるようになり、帝《みかど》からたびたび出仕するよういってきます。左大臣はまだ幼いことを理由に断っていたのですが、とうとう参内《さんだい》させないわけにはいかなくなりました。学問もあり、役所の仕事も見事にこなすので、帝の大変なお気に入りとなり、世間の人も素敵な貴公子だと褒めそやします。しかし、春風は幼いときはあまり気にしていなかったのですが、社会に出て、他人の様子を見聞きするにつれ、自らの奇妙な身の上に悩むようになります。

でも実のところをいうと、春風は毎日が楽しかったのだと思います。並みいる高級官僚や大臣方の前で自分の意見を堂々と言うこともできる。政治上の問題を処理することもできる。こんな面白いことが他にあるだろうか、今さら女の身になって、几帳の中に引っ込んでなんかいられない……。

秋月はとても美しい女性に育ち、御裳着《おんもぎ》を済ませました。噂《うわさ》を聞いた帝や東宮から求婚されるのですが、そういうわけにもいきません。極端な恥ずかしがりやだからといって、縁談を断り続けます。

帝には女一の宮という一人娘がいました。彼女のほかには、帝にも東宮にも子供がいません。そのうち、帝は病がちとなり、東宮に位を譲り、自らは朱雀院に移りました。新しく東宮に立てられたのは女一の宮です。東宮のことを心配する院は、秋月を東宮の遊び相手としてそば近く仕えさせようとします。東宮はまだ年若いうえ、まわりはみんな女性ばかりなので、左大臣も秋月の宮仕えを承知します。

一方、春風には縁談が起こります。右大臣の姫君です。右大臣には美しい姫が四人いて、そのなかの四の君です。彼女は「冬日」と呼ぶことにします。左大臣は迷いますが、どうしようもあるまいと思います。

「世間には気が合わなくて、形ばかりの夫婦というのもないではない。おまえもそういう形で縁組みしてくれさえすればいい」

父に言われて、春風もどうしようもありません。春風と四の君は結婚することになりました。もともと春風は、秘密を持っているので、親しい男仲間のあいだでも、そんなに打ち解けませんでした。まして、形だけの結婚ですから、妻の冬日にもよそよそしく振る舞います。冬日姫も深窓の姫君ですから、夫はとても美しくて、優しい言葉をかけてくださる。結婚とはこういうものと思っています。二人のあいだに夫婦の契《ちぎ》りがないことを誰が知りましょうか。ただ月のうち、四、五日ほど物《もの》の怪《け》の病になり、乳母の実家に身を寄せるのが少し不思議に思われていました。実は、春風は女性ですから、月の障《さわ》りのときだけは乳母の実家に身を隠していたのです。

春風の親友に、宰相中将という人がいました。かねてから冬日との結婚を望んでいたのですが、春風にさらわれてしまいました。それではと、こちらも美人だと噂の高い春風の妹を嫁にしたいと思い、春風に橋渡しを頼みます。返事のしようもないので、春風は宰相中将と少し距離を置くようにしていました。

ある春の月夜、宰相中将が春風の屋敷を訪れます。しかし春風は宮中での宿直のため留守でした。宰相中将は、自分も宮中に行こうかと思ったのですが、琴の音がかすかに聞こえてきます。かねて恋焦《こ》がれていた冬日だと思いいたり、そっとのぞくと、優美で愛らしい姫君です。宰相中将は一目で心を奪われてしまい、このまま帰る気にはならなくなりました。

夜がふけてから宰相中将は冬日のもとに忍び込みます。宰相中将は、言い寄るうちに、気持ちを抑えかね、冬日を抱いてしまいました。それまで男と女というのは、のどやかに語り合うものと思っていた冬日は驚いて、息も絶えんばかりに嘆き悲しみます。宰相中将も、結婚した女性とも思えない冬日姫の様子に驚きます。夜が明け、帰らなければならなくなると、宰相中将は冬日に歌を贈ります。

我ためにえに深ければ三瀬川《みつせがは》のちの逢ふ瀬も誰かたづねん

「私との縁はとても深いのです。あなたが三途の川を渡るときに、背負うのは私以外にはいません」。当時、女性は最初に契りを交わした男に背負われて三途の川を渡るという言い伝えがあったのです。

『とりかへばや物語』の特徴は、人間の心理がよく描かれていることです。冬日は、いつの間にか、時々忍んでくる宰相中将のほうに人間的な愛を感じるようになります。春風は、それはそれはやさしい。でも、いつもどこか幕を隔てたような感じがするのですね。男と女の関係には、肌と肌のつき合いも大切ですから。

秋月は尚侍《ないしのかみ》という職につき、女東宮に仕えることになりました。女東宮は、上品でおっとりとした人でした。二人は夜も同じ御帳《みちよう》の中で寝みます。女同士だと信じ込んでいますから、誰も何とも思いません。

ところが、女東宮の相手をしているうちに、その無心にうちとけた可愛らしい様子に秋月は耐えられなくなりました、秋月の心に男としての衝動が起こったのです。東宮は思わぬことに驚きますが、信頼している秋月のすることだからと気にとめず、そののちもよい遊び相手だと思っていました。

春風と冬日夫婦に波乱が起きます。冬日が懐妊したのです。父の右大臣や女房たちは大喜びですが、驚いたのは冬日です。春風が知ったらどう思うだろうと惑います。

夜、帰ってきた春風に、乳母が冬日の懐妊を伝えます。春風にとっては、青天の霹《へき》靂《れき》です。相手はいったい誰だろう、自分のせいで、こんな間違いが起きてしまったと思い悩んだ末、ひたすら仏道修行に励み、出家を望むようになります。『源氏物語』宇治十帖《じょう》の八の宮のような存在として、この物語には「宮」という皇族が登場します。かつて中国に渡り、その才能を認められ、現地の大臣の娘と結婚し、女の子を二人もうけました。妻が亡《な》くなったのちは、娘を連れて帰国し、悲嘆の日々を送っていました。それなのに、自分が国王になろうとしていると讒言《ざんげん》されたので、都から吉野に身を引いていたのです。宮の噂を聞いた春風は、宮を訪ねていきます。二人はすぐさま互いを認めあいました。春風は自分の異常な状態に悩み、俗世を離れたいと考えていることを打ち明けます。それに対し宮は、すべて前世の報いであり、誰かを恨んだりするべきではないと諭し、春風はいずれ大臣を極めることになるだろうと予言します。その後も春風は時々吉野を訪れるようになります。

ついに冬日が女の子を出産します。近頃の物思いに沈む様子から、春風は宰相中将が相手ではないかとうすうす感じていたのですが、生まれた子の顔を見て、それを確信します。宰相中将は自分のことをばかなやつだと思っているだろうと恥ずかしく、胸がいたくなります。冬日も苦しさのあまり、死んでしまいたいと思います。

人目を忍んで冬日のもとに通うようになった宰相中将ですが、色好みの性癖のため、一人だけというわけにはいきません。ふたたび秋月に強く想《おも》いを寄せるようになります。ある夜、宰相中将は秋月のもとに忍び込みますが、うまくいいくるめられて部屋から追い払われてしまいます。その後は手紙を送っても返事はありません。人目があるからと慎んでいるうちに、冬日とも逢うのが難しくなってしまいました。せめて二人にゆかりのある春風の顔を見ようと、春風の父の屋敷を訪ねることにします。

あまりの暑さに春風は、上の衣を脱いで、白の肌着だけになっていました。そこへ宰相中将がやってきます。失礼な格好だからと奥に逃げ入ろうとしたのですが、宰相中将は、自分も脱ぐからと引き留めました。二人で横になって、あれやこれや話します。

春風の透けて見える腰つき、雪のような色の白さ、似るものもないほど美しいので、宰相中将は、こんな女がいたら、どれほど心が惑うだろうかと思い、すぐそばに寄り臥《ふ》します。日が暮れるにつれ、宰相中将はあやしい心持ちになり、春風を抱いてしまいます。宰相中将は春風の秘密を知りました。

宰相中将は春風に手紙を送ったり、屋敷に訪ねてきたりしますが、春風は受け入れません。気分が悪いといって外出も控えていたのですが、宮中には参内しないわけにはいきません。宮中で顔をあわせると、宰相中将は春風を自分の休息所に連れて行き、泣きながら恨みを訴えます。春風は秘密が露見するのではないかと気が気ではありません。

やがて、春風に変化が起きます。体の不調だとばかり思っていたのですが、どうやら冬日の懐妊の兆候に似ているようです。春風も懐妊したのです。宰相中将に相談すると、女姿に戻って、自分の妻になるよう勧めます。しかし、相変わらず冬日のもとにも通う宰相中将を見て、彼は頼りにならないと思った春風は死を決意します。ところが皮肉なことに、桜の宴で見事な漢詩を作り、すばらしい笛を吹いた春風は右大将に任ずる宣旨を受けます。このとき宰相中将も権中納言に昇進します。

しだいに動作も不自由になってきたので、権中納言の言葉に従い、春風は宇治にある権中納言の父の屋敷に身を隠すことにしました。天下にもてはやされた貴公子が失《しっ》踪《そう》したので、都は大騒ぎとなります。右大臣は、幼い子もいるうえ、冬日がまたも妊娠したのを知りながら、ひどいことをすると、春風を恨みます。そのうち、実は権中納言が密《ひそ》かに冬日のもとに通っていた、生まれた子も権中納言の子で、それを知った春風が、世をはかなんで姿を隠したのだという噂が世間に流れます。冬日の父・右大臣はそれを聞いて激怒し、冬日を勘当します。冬日はショックのあまり病にかかってしまいます。

宇治に着いて二十日以上経《た》ち、春風がようやく落ち着きました。やがて、春風は身二つになります。かわいい男の子でした。私はこの子を「夏空」と名づけました。春風は夏空を大事に育てます。

権中納言はすっかり安心します。春風がふたたび男姿に戻ることはあるまいと思います。そうなると、冬日のことが気にかかるので、都へと出かけていきます。冬日は勘当されて、世話をする人もいません。出産間近い冬日に、権中納言はつきっきりで世話をします。

でも春風の心の中では、こういう女の生活は嫌だという想いが強くなっていました。自分が思いのままに生きられる男の社会を知ってしまったからです。男だけを頼りにして生きる世界には耐えられない。こういうことが、男性作家に書けるでしょうか。男性の自由奔放な世界を女性がかいま見たときのため息がこの作品の原動力かもしれません。

女東宮に仕えている秋月は、春風が行方不明になったことを聞いて、兄妹が性をとり違えて世間交わりをしていたことを悔やみ、自分が男姿に戻って探さなければならないと決心します。秋月もしだいに男らしさを取り戻してきたのです。母親にだけは春風を探しに行くことを告げて、もし自分のことを訊《たず》ねられたら、気分が悪いようだと答えるよう言い置きます。

乳母を呼んで、髪を切り、髻《もとどり》を結わせて、秋月は男の姿となります。まず向かうのは、春風がよく通っていた吉野山の宮のところです。途中、宇治のあたりに風情《ふぜい》のある屋敷があったので、歩み入ってみると、美しい女性がいました。春風によく似ていると思ったのですが、女姿ですからまさか春風そのひととは思いません。春風のほうでも気がつき、秋月にそっくりだと思ったものの、そのまま奥に入ってしまいました。権中納言の父・式部卿宮《しきぶきょうのみや》の屋敷だということを聞いて、秋月は立ち去ります。

吉野に到着した秋月は、さっそく宮のもとを訪れます。宮はびっくりします。なにしろ、春風そっくりの人が来て、春風の言い置きなどないかと尋ねるのですから。いまはいないけれど、そのうち消息が知れるかもしれないというので、秋月はそこにとどまることにします。しばらくは宮のもとで学問に励む秋月ですが、宇治で見かけた女のことが気になっています。

春風からの使者がやって来ます。使者はとくに口どめされているわけではなかったので、宇治にある権中納言の父の屋敷に春風がいることを教えます。あのとき見た女こそ春風だったのだと思い当たった秋月は、宇治へ手紙を遣わします。春風もこの前の男が秋月だと知り、二人は直接会って相談することにしました。

権中納言の乳母の部屋で二人は再会します。出家をのぞむ春風を秋月は諌《いさ》め、女として自分と入れ替わるよう勧めます。秋月が帰って父に報告すると、左大臣も二人が入れ替わることに大喜びで賛成します。

宇治の隠れ家から脱け出す夜、春風は、「しばし」といって、夏空を乳母に抱きかかえさせます。身を分けて行くかのようですが、春風は泣く子を見守りながら、気強く出て行きます。春風は自分の納得しない人生は選びたくなかったのです。自分の可能性を確かめられるような人生を生きたい。そのためには、この子を連れては行けない。生きていれば、またぐり合うときもある。こういうふうに考えるのです。春風という女のすごいところです。

春風は、迎えに来た秋月に連れられて、吉野の宮のもとに身を寄せます。ふたりは互いに男役、女役を取りかえます。秋月は自分が仕えている女東宮のことや内侍の仕事を春風に教え、春風は、学問のことや役所のしきたり、交友関係、役人としての心得などを秋月に教えます。

宇治では、夜が明けても春風が戻ってきません。あちこち探しても見あたらないのです。大騒ぎしているところに、権中納言が帰ってきます。様子を聞くやいなや、自分が冬日のところにばかりいたからだと、目の前が真っ暗になります。悲しみに耐え難く思っていると、何も知らない夏空がにっこりしています。この子供を捨ててまでと思うと、胸がつぶれる思いです。

やがて、春風と秋月は都に戻ります。父母の喜びはいうまでもありません。秋月は右大将として男姿で宮中に出仕し、帝に対面します。この人が出家するところだったのだと帝は涙さえこぼしました。冬日のもとにもまた通うようになります。春風も女東宮のもとに参上します。秋月が顔を見せなかったので心細く思っていた女東宮はとても嬉《うれ》しく思います。以前とは別人とは思いもよりません。

女東宮の侍女のひとりが春風に話しかけます。

「あなたのいらっしゃるのをお待ちしていました。実は東宮さまが、どうやらおめでたらしいのです。あなたならなにかご存じではないかと思って」

ややこしいことになっています。春風は一瞬言葉を失いますが、すぐにこう取り繕います。

「まさかそんなこととも思わず、兄の右大将が失踪したので、私も何もかも忘れて退出したのですが、私まで体調を崩してしまいました。ようやく体が戻ってきた頃、兄が東宮さまがご懐妊したという夢をみたが、確かめる術《すべ》もないので、早く出仕して、東宮のお世話をするようにというのです。それで私もそうかと知ったのですが、あなたもご存じなら心強いことです」

そう言って、右大将が通ってきていたことを暗に示したのです。その夜、秋月が密かに参上して、女東宮と対面し、すべてを打ち明けます。それを聞いた女東宮は、どうして事情を説明してくれなかったのか、せめて妊娠しているあいだだけでも私の面倒をみてくれればいいのに、どうして他人まかせにするのかと、男の冷たさとわが身の恥ずかしさをつくづく嘆きます。女東宮は男の子を出産しますが、その子はすぐに左大臣のもとに引き取られます。出産後、女東宮は体を壊してしまい、宮中から退き、院のもとに身を寄せることになります。ひたすら出家を願うのですが、東宮となる候補がほかにいないので、それは許されません。

ところで、女東宮が身重だったときのことですが、帝は昔思いを寄せた尚侍（秋月）が忘れられず、見舞いにかこつけて女東宮のところにやってきます。そのとき、そっと覗《のぞ》いた尚侍（春風）の美しく気高い姿に心奪われます。そして、ある夜、春風のもとに忍び入り、契《ちぎ》りを結びます。帝には春風が未経験ではないことはすぐわかりました。ですけれども、春風を妻とすることにし、ほかの后たちより深く愛されました。春風もまた、ひたすら自分一人を、しかも現在あるがままの自分を愛してくれる男性もいたのだ、こういう人に想われたら、女の幸福も極まると考えるようになります。二人のあいだには、皇子、皇女がたくさん生まれます。第一の皇子は、女東宮が位を退きたいと願っていたこともあり、直ちに東宮に取り立てられました。

秋月は二条堀川のあたりに屋敷を新築し、吉野の宮の姉姫を嫁に迎えます。冬日も秋月の子を宿し、二条の屋敷で男の子を出産します。

春風と秋月が入れ替わったことを知らない権中納言は、秋月のよそよそしい態度に嘆きます。それと同時に、冬日の妊娠もいぶかしく思います。事情を直接確かめようと、秋月の周囲をつけまわします。そして、秋月に面と向かって、思い捨てられた恨みを言うのですが、右大将は間近く見ると間違いなく男です。〈御ひげのわたりなどことの外にけしきばみにける〉、ひげのあたりがことのほか青々していたというのですからおかしいですね。権中納言は腰を抜かさんばかりに驚き、ではあの女はどこに消えたのかと、キツネにつままれた思いです。のちに秋月のはからいにより、権中納言は吉野の宮の妹姫と結ばれることになります。

秋月は今や押しも押されもしない立派な地位を得ています。冬日とのあいだには、さらに二人の子が生まれます。宮の姉姫とのあいだには子供が生まれなかったので、女東宮が産んだ男の子を引き取りました。春風も帝の寵愛《ちょうあい》が著しく、宮中随一の羽振りを誇っています。ただ、いつも想われるのは、宇治の屋敷に残してきた夏空のことでした。

夏空は今は十歳ばかりの少年になり、殿上童《てんじょうわらわ》として殿中に上がっています。春風は夏空の姿を見るたびに悲しく思っていたのですが、ある日、皇子・二の宮と夏空が遊びながら春風の部屋にやってきました。ふたりがとてもよく似ているのに、胸がいっぱいになった春風は、ふたりを御簾《みす》の内に呼び入れます。春風はこぼれる涙を隠しながら、夏空に母を知っているかとたずねます。夏空は、もしかしたらこの人が母かと思いあたりますが、すぐにそんなはずはないと考えて、口をつぐみます。春風が袖《そで》を顔に押しあてて泣くと、少年もうつむいて涙をこぼします。

「実は、私はあなたのお母様を知っているの。あなたのお母様はいつもあなたのことを心配していらっしゃるわ。お母様に会いたいと思ったら、いつでもここにいらっしゃい」

そのとき二の宮が、「遊びに行こう」とせき立てていきます。同じ母から生まれたのに、いまではすっかり身分が違ってしまいました。春風はたまらなくなって泣きます。

それを帝が偶然ごらんになっていました。

「なるほど。あの少年は春風の子だったのか。相手は大納言（かつての権中納言）だったのか」

ずっと気がかりだった相手がわかって、帝は安心します。けれども、春風に対する愛には全く影響はありません。自分の愛するのは春風一人だとますます思いを強くします。

夏空少年は屋敷へ帰ってきて、乳母に言います。

「今日、僕、お母様かと思われる人に会ったよ」

「その方はどこにいました？　どういう方ですの？」

しかし、夏空は、その人が若くて美しかったことは話すのですが、どこにいたかは口にしません。

「お父様は、あなたのお母様と別れてから、ずっと悲嘆に暮れているのに、どうして隠すのですか」

「あの方は父君に言ってはいけないといわれた。こんどまた逢って、いいと言われたら話す」

とても賢くて、いじらしい少年ですね。

その後、歳月が流れ、秋月は関白左大臣に、大納言は内大臣右大将になります。秋月の息子たちも元服して、中将や少将になります。帝も退位したので、東宮が位につきます。春風は国母になったのです。秋月と冬日のあいだに生まれた娘が女御として入内し、二の宮が新東宮になります。みんながすべて幸せになりました。

女でも一生懸命になって生きたい。女だってその気になって勉強すれば男並みの生活ができるのだ、というのが、『とりかへばや物語』を書いた女の作者の夢でしょう。現代では、それが夢ではなくなっています。こういう物語にこめられた小さな種が、千年近く経って、芽を吹いたのです。

瀬戸内寂聴著

夏の終り

女流文学賞受賞

妻子ある男との生活に疲れ果て、年下の男との激しい愛欲にも充たされぬ女……女の業を新鮮な感覚と大胆な手法で描き出す連作5編。

瀬戸内寂聴著

女徳

多くの男の命がけの愛をうけて、奔放に美しい女体を燃やして生きた女――今は京都に静かに余生を送る智蓮尼の波瀾の生涯を描く。

瀬戸内寂聴著

いずこより

少女時代、短い結婚生活、家も子も捨てて奔った恋。やがて文学に志し、いつしか出離の想いに促されるまでを綴る波瀾の自伝小説。

瀬戸内寂聴
瀬戸内晴美著

わが性と生

私が天性好色で淫乱の気があれば出家は出来なかった――「生きた、愛した」自らの性の体験、見聞を扮飾せずユーモラスに語り合う。

瀬戸内寂聴著

手毬

寝ても覚めても良寛さまのことばかり……。雪深い越後の山里に師弟の契りを結んだ最晩年の良寛と若き貞心尼の魂の交歓を描く長編。

瀬戸内寂聴著

釈迦

八十歳を迎えたブッダ最後の旅。遺された日日に釈迦は何を思い、どんな言葉を遺したか。二十年をかけて完成された入魂の仏教小説。

三浦綾子著

塩狩峠

大勢の乗客の命を救うため、雪の塩狩峠で自らの命を犠牲にした若き鉄道員の愛と信仰に貫かれた生涯を描き、人間存在の意味を問う。

三浦綾子著

道ありき
―青春編―

教員生活の挫折、病魔――絶望の底へ突き落とされた著者が、十三年の闘病の中で自己の青春の愛と信仰を赤裸々に告白した心の歴史。

三浦綾子著

泥流地帯

大正十五年五月、十勝岳大噴火。家も学校も恋も夢も、泥流が一気に押し流す。懸命に生きる兄弟を通して人生の試練とは何かを問う。

三浦綾子著

天北原野
（上・下）

苛酷な北海道・樺太の大自然と、太平洋戦争を背景に、心に罪の十字架を背負った人間たちの、愛と憎しみを描き出す長編小説。

三浦綾子著

細川ガラシャ夫人
（上・下）

戦乱の世にあって、信仰と貞節に殉じた悲劇の女細川ガラシャ夫人。清らかにして熾烈なその生涯を描き出す、著者初の歴史小説。

三浦綾子著

千利休とその妻たち
（上・下）

武力がすべてを支配した戦国時代、茶の湯に生涯を捧げた千利休。信仰に生きたその妻おりきとの清らかな愛を描く感動の歴史ロマン。

新潮文庫最新刊

畠中恵著
ちょちょら

江戸留守居役、間野新之介の毎日は大忙し。接待や金策、情報戦……藩のために奮闘する若き侍を描く、花のお江戸の痛快お仕事小説。

沢木耕太郎著
あなたがいる場所

イジメ。愛娘の事故。不幸の手紙――立ち尽くすほかない生が、ふと動き出す瞬間を生き生きと描く九つの物語《ナイン・ストーリーズ》。著者初の短編小説集。

星新一著
つぎはぎプラネット

奇跡的に発掘された、同人誌に書かれた作品や、書籍未収録作品を多数収録。ショートショートの神様のすべてが分かる幻の作品集。

髙樹のぶ子著
トモスイ
川端康成文学賞受賞

溶け合いたい。自分が無くなるほどに――。タイの混沌、バリの匂い、韓国の情熱。アジア十カ国の濃密なエロスを湛えた傑作短編集。

宮木あや子著
ガラシャ

政略結婚で妻となった女が、初めて知った情愛のうねり。この恋は、罪なのか――。細川ガラシャの人生を描く華麗なる戦国純愛絵巻。

中森明夫著
アナーキー・イン・ザ・JP

気弱な少年シンジに、伝説のアナーキスト大杉栄の魂が宿った。時空を越えて炸裂する思想の爆弾で最強アイドルりんこりんを救え!

新潮文庫最新刊

吉川英治著
三国志（十）
―五丈原の巻―
諸葛亮vs.司馬懿！　天才二人の決戦が始まった。亡き劉備の意志を継いだ諸葛亮、最期の戦いの行方は。宿命と永訣の最終巻。

吉川英治著
宮本武蔵（八）
遂に、ライバル・佐々木小次郎との命を賭した雌雄決戦！　巌流島で待ち受けるのは、勝利か死の府か――。落涙必至の最終巻。

田辺聖子著
田辺聖子の古典まんだら（上・下）
古典ほど面白いものはない！　『古事記』『万葉集』から平安文学、江戸文学……。古典をこよなく愛する著者が、その魅力を語り尽す。

中島らも　いしいしんじ著
その辺の問題
号泣した少女マンガ、最低の映画、東京一まずい定食屋から、創作への情熱まで。名言、名エピソード満載の、爆笑対談エッセイ。

垣添忠生著
悲しみの中にいる、あなたへの処方箋
死別の悲しみにどう向き合うのか――。最愛の妻を亡くした医師が自らの体験を基に綴る、悲しみを手放すためのいやしと救いの書。

石浦章一著
東大駒場超人気講義
サルの小指はなぜヒトより長いのか
―運命を左右する遺伝子のたくらみ―
寿命を延ばす遺伝子？　男と女の脳の違い？　毛がないのは進化なの？　文系アタマでも納得、生命科学の魅力爆発の超人気東大講義録。

田《た》辺《なべ》聖《せい》子《こ》の古《こ》典《てん》まんだら（上）

新潮文庫　た－14－29

平成二十五年九月一日発行

著者　田《た》辺《なべ》聖《せい》子《こ》

発行者　佐藤隆信

発行所　株式会社新潮社

郵便番号　一六二―八七一一
東京都新宿区矢来町七一
電話　編集部（〇三）三二六六―五四四〇
　　　読者係（〇三）三二六六―五一一一
http://www.shinchosha.co.jp

価格はカバーに表示してあります。

乱丁・落丁本は、ご面倒ですが小社読者係宛ご送付ください。送料小社負担にてお取替えいたします。

印刷・二光印刷株式会社　製本・憲専堂製本株式会社

ISBN978-4-10-117529-4 C0195